GPS del Amor

GPS del Amor

Porque las rutas para encontrar
pareja no han sido rotuladas

DRA. SILMA QUIÑONES

autora del exitoso libro "Alerta Roja

PRIMIX
PUBLISHING
THE WRITE CHOICE

Primix Publishing
11620 Wilshire Blvd
Suite 900, West Wilshire Center, Los Angeles, CA, 90025
www.primixpublishing.com
Phone: 1-800-538-5788

Published by Primix Publishing: 05/24/2024

ISBN: 979-8-89194-176-2(sc)
ISBN: 979-8-89194-177-9(e)

Para mi hijo Julio Alexis, lo mejor que ha salido de mi.

La convicción de que en pareja la vida es maravillosa
es mi motivación.   Mis amigos y mi familia han
sido mi mayor apoyo. Gracias a todos ellos.

Tabla De Contenido

Introducción

¿Te equivocaste? ¿Te enamoraste de alguien locamente y terminaste
sufriendo mucho? Estoy segura de que sí. Hombres y mujeres
se ilusionan desde temprana edad, para luego vivir grandes
decepciones.

Quizás te enamoraste de tu vecinita y nunca se lo dijiste, porque
la veías coqueteando con tu amigo. Tal vez te enamoraste de un
maestro de escuela, que volvía locas a todas las muchachas en el
salón. Puede ser que hayas sufrido cuando te dejaron de sorpresa
o cuando descubriste que ella también salía a escondidas con otro
muchacho.

O te casaste pensando en que serías feliz y ahora te preguntas si
escogiste bien, porque te frustras y te molestan muchas de las cosas
que hace tu pareja. No sabes si la persona es el problema, si eres tú
o si el matrimonio no es lo que tu pensabas. La lista de desamores
no tiene fin. Cuando el amor llega es sublime, pero muchas veces
termina en una decepción que rompe el corazón y deja cicatrices
profundas.

Al principio todo es bello. Te gusta todo lo que vives con la
persona que amas. No le ves defectos, al contrario, te afanas para
que te amen como tú amas y te preguntas si vas a estar a su altura
o si la persona se va a entusiasmar contigo de la misma manera.

Luego surgen discusiones, desaires y maltratos. Ahora amas, pero ya no se siente igual. Por amor aguantas y soportas con la esperanza de que todo se arregle, porque todavía sientes amor. Un día ya no quieres continuar con la relación porque estás sufriendo mucho.

Y cuando se acaba la relación también sufres, a pesar de que sabías que no era buena. Te preguntas: ¿qué pasó? ¿por qué se arruinó todo? Sufres tanto, que no quieres arriesgarte a vivir lo mismo otra vez, pero el amor vuelve más tarde y te enamoras otra vez como si nunca hubieras sufrido.

Te repites que esta vez será mejor, que es otra persona, que te quiere más. Piensas que no tiene las mismas malas costumbres que la persona a quien amaste antes. Te trata de otra manera. Por eso, te ilusionas pensando en que esta vez sí vas a ser feliz y convenciéndote de que ahora sí es amor. Todo es bello otra vez. Eres feliz otra vez.

¿Te acuerdas de esos momentos? ¿Cuánto te duró esa ilusión? ¿Un poquito más que la anterior? Me imagino que cuando empezaron los problemas preferías no pensar en ellos por miedo al fracaso. ¿Cuánto te tardaste en escuchar esa vocecita que te decía que ibas mal?

Esa vocecita te incomodaba y te quitaba la paz, porque sabías que tenía razón. Esa voz te decía que te habías equivocado y que ibas a sufrir mucho, porque el amor que sentías se estaba muriendo. Como si un médico te dijera que el diagnóstico es terminal y que no puedes hacer nada más para salvar ese amor. Es ese miedo a volver a fracasar lo que pone en duda si es verdad que existe el amor, si es para ti y si es para toda la vida.

Con dos o tres crisis amorosas es suficiente para empezar a dudar de si el amor es real. ¿Existe el amor? Quien ha amado no se cuestiona su existencia, pero sí que si es realmente como se lo han hecho creer.

Los poemas y las canciones describen un amor eterno y todopoderoso. Te hacen creer que no puedes vivir sin amor y que sin él la vida no vale la pena. Pero más de alguna vez habrás dicho ¡pero si cuando he amado he sufrido muchísimo! Y las preguntas se suceden: ¿tengo que someterme a la persona que amo?, ¿tengo que perdonarle todo por amor?, ¿tengo que dejar de ser yo y estar dispuesto o dispuesta a sufrir?, ¿es lo que siento amor, una enfermedad, una manipulación o un engaño?

El problema no es el amor. El problema es lo que se hace con el amor y con quién vives el amor. Un chico puede estar enamorado profundamente de una chica tan vanidosa, que ella lo trata como si fuera un favor el mero hecho de acompañarlo al cine. O una chica puede estar enamorada de un chico que prefiere salir con sus amigos a *janguear,* que ir a bailar con ella.

Los ejemplos son variados: un hombre puede amar intensamente a una mujer quien, en vez de amarlo, lo va a utilizar para beneficiarse de su dinero. Una mujer puede amar a un hombre que, cuando llega a visitarla, apenas le habla.

El problema no es que sientas amor, sino lo que vives cuando te enamoras. La relación que tienes con la persona que amas es lo que anda mal. La relación de pareja es la que fracasa y muere, arruinando el amor que se siente por alguien. Sentir amor y ser amado no es suficiente para ser feliz y tener éxito como pareja.

El amor no es omnipotente ni lo sabe todo. El amor es un sentimiento sublime y espectacular, que debe ser cultivado dentro de una relación saludable y madura. De lo contrario, se muere como se muere una bella flor sin agua y terreno fértil. Es la relación de pareja la que va a determinar si el amor llega para siempre. La relación de pareja necesita el sentimiento de amor para existir, pero no sobrevive solamente sobre la base de ese sentimiento poderoso.

Para que el amor dure toda una vida y no sufras, la relación de pareja tiene que mantenerse viva también.

Tener una pareja es mejor que estar solo. Aunque la relación parezca ser una complicación y un proceso difícil, los beneficios superan los esfuerzos. Por ejemplo: los hombres cuando están en una relación de pareja tienden a mantenerse más saludables y sus finanzas suelen estar mejor que de solteros. Las personas en parejas habitualmente viven la intimidad sexual con más frecuencia y mayor satisfacción que las personas solteras.

El éxito de una relación de pareja dependerá en gran medida de cuán bien has seleccionado a la persona. Cuando he evaluado parejas en crisis y a punto de separarse, frecuentemente he encontrado que la raíz de los problemas ha sido la selección.

Mucha gente comienza relaciones con personas equivocadas y luego hace lo imposible por mantener la relación viva. Se motivan con la idea de que con amor todo se puede transformar. En otras ocasiones, las personas piensan que fracasan porque no son capaces de funcionar dentro de una relación de pareja. Creen que no saben amar.

El sentir amor por alguien no significa que esa persona es la más adecuada para una relación de pareja. Tampoco se puede definir como amor todas las atracciones que se sienten por personas. Hay diferentes tipos de amor. Por todas estas razones, no me sorprende la cantidad de errores que se cometen al elegir a la persona con quien se establece una relación de pareja. Después de todo, recibimos muy poca orientación al respecto. Es posible que tengas más información sobre cómo escoger un auto, una casa, una pieza de ropa o unos zapatos, a cómo escoger con quién pasarás el resto de tu vida.

Es probable que hayas pensado en qué cosas te atraen de las personas con quienes te relacionas. Posiblemente tengas una lista mental de características que debe poseer tu pareja. Usualmente, las listas tienen algunos de los siguientes factores:

que me guste físicamente
que me quiera
que sea buena persona
que sea compatible conmigo
que quiera estar conmigo
que sea buena o bueno en el sexo
que tenga dinero
que sea inteligente
que no tenga vicios
que sepa bailar

Sin embargo, si te preguntara qué conlleva cada una de esas características y cómo evalúas a la persona para asegurarte de que tiene esas cualidades, probablemente tendrías que sentarte a pensar. Es más, posiblemente contestes que lo sabrás cuando tengas a la persona de frente.

Sin pensarlo mucho, casi de manera intuitiva, vas a saber que la persona que te atrae tiene esas cualidades. ¿Cómo lo sabes y cómo lo vas a confirmar? ¿Y si te está engañando para que creas que tiene las cualidades que estás buscando y realmente es muy diferente a lo que representa?

Muchas personas han descubierto que la persona "perfecta" no es como pensaban. Después de entrar de lleno en una relación de pareja, se dan cuenta de que todo era un espejismo o un disfraz. Por otro lado, cuántas veces ocurre que personas rechazan a un excelente ser humano por razones equivocadas, que nada tienen que ver con quién es verdaderamente la persona, y luego descubren que otro u otra sí lo pudo ver y apreciar.

Hay quienes piensan que una persona muy bonita debe ser vanidosa, creída y exigente. Otros piensan que si es muy atractiva no debe ser inteligente. La realidad es que la belleza no determina la humildad y la inteligencia no tiene nada que ver con la apariencia.

¿Sabes qué cualidades debe tener tu pareja para poder ser feliz a su lado? ¿Sabes cuáles son tus preferencias o solo estás buscando encontrar la chispa, la emoción o la atracción que te indique que éste es tu amor para toda la vida? ¿Sabes cuál es la diferencia entre amar y sentir atracción? ¿Cómo vas a saber si es amor lo que sientes o sienten por ti? ¿Cómo vas a saber si has encontrado a la persona ideal para ti?

Es importante que tengas unos criterios a la hora de escoger tu pareja. Estos criterios pueden ser muchísimos. Existen criterios que son básicos y esenciales, como la capacidad para comprometerse y cumplir con un compromiso. Otros son aquellos que tienen que ver más con gustos individuales y circunstancias particulares, como querer tener hijos.

Además de los criterios, debes tener la habilidad para evaluar y discernir entre los posibles candidatos. Debes poder identificar de manera acertada si la persona reúne las cualidades y llena las expectativas que buscas en una pareja.

Cuando eliges a una persona a ciegas la pasión se desvanece tan pronto como vas conociendo realmente quién es la persona. Las relaciones tienen fama de ser muy amorosas e intensas solamente al principio. Eso es así cuando tu amor responde solamente a una ilusión y no conoces a la persona con quien te estás comprometiendo. Las sorpresas desagradables apagan la pasión. El amor, cuando se encuentra con los ojos bien abiertos, no muere ni se apaga.

En este libro encontrarás una guía sencilla para seleccionar a una pareja. Te recomiendo que tomes los criterios en consideración, pero no son una garantía de que tendrás éxito y serás feliz en el amor. Sin embargo, pueden ahorrarte en gran medida sufrir las consecuencias negativas de dar palos a ciegas.

Esta guía también te ayudará a evitar que, en tu afán de protegerte, decidas rendirte y resignarte a una vida sin pareja y sin la ilusión de amar. Es necesario que te eduques y que le des importancia al proceso de evaluar a la persona con quien piensas establecer una relación.

El **"GPS del amor"** es una guía. Yo te voy a explicar cuáles son las paradas y los caminos que te pueden llevar a encontrar a esa persona que estás buscando. Como en toda aventura, el objetivo es que no te pierdas y que el proceso de escoger pareja no te haga sufrir demás.

Cuando voy por las carreteras y hago un viraje equivocado, rápido escucho la voz calmada del GPS que me dice: "calculando la ruta", y me da nuevas instrucciones. Nunca me ha dicho: "Estás irremediablemente perdida, no sirves como conductora, eres una fracasada".

Si al utilizar este "GPS" descubres que te has equivocado, detente y recalcula tu ruta. Nunca te rindas, porque aunque tardes, puedes llegar a tu destino. Por otro lado, por más que analices y obligues a tu corazón a pensar para que no se equivoque, cuando te enamores no será con menos ilusión ni menos pasión. Al contrario, si eliges bien puedes mantener la ilusión y la pasión por mucho tiempo, para toda la vida.

Capítulo 1

Cómo saber si estás preparada o preparado para una relación de pareja

Al emprender la tarea de buscar pareja debes empezar por evaluar si tu estás lista o listo para establecer una relación. Recuerda que, de igual manera que tu vas a seleccionar a una persona, a ti también te evaluarán. Las consideraciones aplican a ambas personas. Así que te recomiendo que empieces con una autoevaluación.

Lo primero que necesitas es estar en paz con tu soltería. Estar sin pareja no es una tragedia ni tampoco es un defecto, sino un estatus. Si lo que vives es angustia porque no toleras estar sola o solo y no logras disfrutar la vida por tu cuenta, no estás lista o listo para buscar una pareja con quien establecer una relación saludable.

Tu pareja no debe ser tu media naranja. Esa metáfora implica que a ti te falta algo y que serás una persona incompleta hasta que encuentres a la persona que te complete. El concepto de la media naranja tiene sentido si entiendes que el propósito principal de la pareja es procrear y tener hijos.

Hoy la relación de pareja no es necesaria para poder tener hijos, ya que puedes adoptar o lograr el embarazo mediante fertilización artificial. No tienes que tener una pareja para tener hijos. Cuando ése es el propósito principal de la relación, entonces los criterios deben ser los que tienen relación con la genética y los atributos físicos que deseas para tus hijos.

Así, por ejemplo, se escogen los apareamientos de animales. Pero no lo recomiendo si, además de procrear hijos, quieres hacer vida con tu pareja. Y es que tu pareja no será quien te haga una persona completa ni que realice por ti lo que tú debes hacer por ti misma o por ti mismo. No debe ser la persona que subsane tus defectos y debilidades. Si escoges a determinada persona porque tiene lo que tú no tienes, vas a tener una relación de dependencia.

La relación de pareja debe ser de interdependencia y con tareas que se dividan sobre la base de diferentes criterios, y no sencillamente porque no sabes hacer una labor específica. No necesitas que otro haga lo que debes hacer de forma independiente. Eso no quiere decir que no puedes depender de alguien para que te ayude en algo, pero esa dependencia debe ser temporera, mientras aprendes a cómo cumplir con determinada responsabilidad.

Tu pareja no tiene que ser tu alma gemela ni ser igual a ti. Tampoco es suficiente que encuentres que hay una conexión especial entre ambos y que al encontrarse has cumplido una misión. La relación de pareja saludable no se establece porque necesites a alguien para estar completo. Si piensas que no puedes ser feliz o disfrutar la vida sin una pareja, vas a echar a perder la relación.

La dependencia implica que no eres capaz o que no te interesa aprender y crecer. Se puede depender de diferentes maneras. Por ejemplo, económicamente. Una persona que te mantiene o que te permite tener las comodidades o lujos que quieres en tu vida.

Igualmente, puedes depender de alguien para alimentarte, porque no sabes preparar la comida que te gusta o para sentir seguridad y protección. Éstos son algunos ejemplos de dependencias casuales. La dependencia más problemática en la relación de pareja es la dependencia emocional.

Las causas de la dependencia emocional se basan en el proceso de desarrollo y crecimiento de la persona. El desarrollo de cada ser humano comienza con una dependencia en todas las áreas. Un bebé necesita de otros para sobrevivir, porque no se puede alimentar o proteger a sí mismo. Desde la niñez, el crecimiento físico va acompañado del desarrollo de la conciencia de quién eres, quiénes son los demás y cómo es la relación entre tú, los demás y el mundo.

Al principio, los padres son los que definen quién eres tú, empezando por escoger tu nombre. Ellos toman las decisiones por el bebé con la intención de protegerlo. Lo ideal es que, en la medida en que van surgiendo experiencias para el niño, los padres le enseñen conductas que le permitan desarrollar la independencia de ellos.

También los padres deben ir exponiendo a sus hijos a que exploren y practiquen ser independientes al nivel de su capacidad. El éxito que tienen los hijos en ejercitar su independencia va alimentando su confianza en sí mismos y en el mundo que los rodea.

Durante la adolescencia, el niño debe tener suficiente información y destrezas para poder desenvolverse cada vez más sin la ayuda de otros. También debe poder identificar lo que puede y no puede hacer por sí mismo. En esta etapa, el o la adolescente se expone a que otros le cuestionen sus gustos, intereses y su forma de ser.

Es entonces cuando tiene el reto de definirse como persona y establecer su propia identidad. En la interacción con sus compañeros va aprendiendo, más allá de su familia, otras conductas y va enriqueciéndose como persona.

El adulto joven debe haber alcanzado un mayor nivel de independencia y estar más claro acerca de quién es y con quién le gusta compartir. Escogerá a sus amigos y decidirá a quién va a imitar, qué va a rechazar y qué va a aceptar. Aunque continúe recibiendo información y consejos, está listo para tomar sus decisiones y aprender a asumir las consecuencias de sus errores.

La inseguridad que le produce arriesgarse a equivocarse no lo atormenta y no lo paraliza. Éstas son las bases de la autoestima, la autoimagen y la independencia emocional. Si los padres lo sobreprotegen o lo exponen a situaciones sin haberle dado las herramientas para manejarlas, el joven fracasa y se frustra, lo que lo lleva a depender de sus padres y de otros para desenvolverse.

La independencia emocional es esencial para que ambas personas puedan relacionarse sin sentirse sobrecargados ni oprimidos. Cuando eres emocionalmente independiente, puedes vivir sin la persona, pero reconoces que prefieres estar con ella. No la necesitas para hacer tú vida.

Cuando buscas pareja es para añadirte experiencias y para compartir tu intimidad emocional y física. Escoges a alguien que te enriquece y te expone a nuevas experiencias, que te fortalecen y te permiten descubrir otros elementos de la vida. Con tu pareja, puedes explorar otras vivencias que no te quitan seguridad, salud, bienestar y fortalezas.

Esto no quiere decir que todo es color de rosa, pero implica que el balance de tu experiencia junto a esa persona es positivo y no negativo.

La dependencia emocional implica que la persona todavía, sin importar su edad, necesita aprender las herramientas necesarias para poder hacer su vida sin necesidad de que otros tomen sus decisiones, le resuelvan y lo acompañen. En el ambiente de la escuela y del trabajo la estructura y las instrucciones de los maestros y jefes sirven como padres y, por ende, una persona con la tendencia a depender de otros puede tener logros y pocos conflictos.

En la relación de pareja, la dependencia emocional tiene implicaciones muy negativas.

La dependencia emocional hace que las personas busquen en su pareja su salvación. La expresión "no puedo vivir sin ti" no es de amor, sino de dependencia. Cuando hay dependencia, la tranquilidad emocional y la alegría dependen de la presencia de la pareja y de que esa persona llene todas tus necesidades.

Si la persona no está o si temes que no va a estar, te sientes angustiado o angustiada. Si no te llama te desesperas, si no la ves te sientes agobiado o agobiada y no puedes hacer las cosas que necesitas hacer en tu trabajo o en tu vida. Te sientes muy mal si crees que no tienes a esa persona.

Hay personas cuya dependencia es tan grande que, en su angustia, escuchar la voz de su pareja en el contestador de llamadas le sirve como tranquilizante porque les da la sensación de que la tienen muy cerca y que no están solos o solas.

Si no eres emocionalmente independiente estarás muy vulnerable y en desventaja a la hora de evaluar un candidato. El afán de estar con alguien te puede llevar a aceptar una persona que no es adecuada para ti y que en vez de enriquecer tu vida, te la arruina.

No podrás ser selectiva o selectivo por la desesperación de querer encontrar con quien compartir tu vida. En vez de evaluar las diferentes cualidades de la persona, estarás pendiente de las señales que te indican que están interesados en ti. Te entregarás tan pronto te muestre interés en estar contigo.

No querrás investigar detalles de la persona ni harás preguntas con tal de no desilusionarte o, peor, de espantarla. Es como ir al supermercado con mucha hambre: todo lo que veas te apetecerá y no será hasta que estés abastecido o abastecida en tu casa que te darás cuenta de que compraste cosas que no te gustan.

Esta dependencia se puede convertir en una desventaja para tu pareja porque tiene doble carga: la tuya y la de sí mismo. Tu pareja se sentirá responsable de que estés bien emocionalmente.

Ciertamente, es importante tener la satisfacción de hacer feliz a tu pareja, pero eso no es lo mismo que pensar que "sin mi" la persona es infeliz y se destruye. Ese tipo de dinámica crea mucha tensión dentro de la relación y requiere estar disponible en todo momento, aunque implique un sacrificio grande.

Hacer feliz a la pareja y resolverle todo en su vida le impide continuar creciendo y siendo la persona que era antes de la relación.

Tomemos el ejemplo de la mujer que se emociona al enterarse de que está embarazada. Ella celebra la noticia del embarazo con todos y se ilusiona con la idea de ser madre y tener un bebé. En poco tiempo surgen los malestares del embarazo y se ve en la obligación de hacer ajustes en su vida. Debe alimentarse bien para proteger al bebé. No debe ingerir bebidas alcohólicas, fumar ni exponerse a actividades que pongan en riesgo la salud de su bebé.

A mitad del embarazo ya no puede caminar como antes porque la barriga le pesa y la fatiga. De noche se despierta con los movimientos del bebé. Hacia el final del embarazo, cuando ya el bebé está más desarrollado, la mujer está muy transformada: ha aumentado de peso, sus facciones han cambiado, su vejiga la traiciona y apenas puede caminar. Añora el fin del embarazo para poder volver a ser la persona que era antes.

Esta mujer ama a su bebé, pero resiente que ya no hace su vida como antes y que todo gira alrededor de su criatura. Para ambos, la madre y el bebé, la separación por medio del parto es lo único que les salva la vida. Juntos se consumen. La madre perdería su vida y el bebé no crecería.

Cuando dependes emocionalmente de alguien te expones a que esa persona te chantajee y abuse de ti. La persona dependiente hace cualquier cosa con tal de que no la abandonen. Hace cosas que quizás nunca haría con tal de que no la dejen. Se entrega y acepta condiciones que no son saludables.

Tu pareja te puede exigir, por ejemplo, que abandones tus intereses personales, amistades y familia, que transformes tu apariencia, cambies tus valores y costumbres. Tu pareja te puede exigir que aceptes que te sea infiel o que te mantengas en la relación sin derecho a los privilegios típicos de la pareja. Podrías verte en una relación en la que te agreden o te maltratan, poniendo tu vida en riesgo.

No tienes que ser perfecta ni perfecto ni debes poder hacerlo todo para no tener dependencia. La clave es que puedas vivir tu vida sin que otro te resuelva. Por ejemplo, si no tienes el dinero que quieres para tener ciertas comodidades, te adaptas. Puedes aprender a disfrutar y satisfacer tus necesidades con el dinero que tú generas.

Si no puedes cocinar, debes estar dispuesta o dispuesto a aprender o alimentarte con lo poco que sabes hacer. Debes poder disfrutar de actividades, aunque andes sin acompañante, sin pareja. O disfrutar de una buena película a solas. Y si tienes tiempo libre, debes poder inventar actividades que te plazcan, aprovechar que nadie te interrumpe y autocomplacerte.

Más aún: debes poder tolerar el silencio de tu residencia y la oscuridad de la noche al acostarte, aunque no haya nadie más en tu hogar. Si no logras estar en paz cuando estás sola o solo, entonces necesitas superar tu dependencia emocional.

No vale la pena arriesgarse ni tomar decisiones a la ligera con algo tan importante como la relación de pareja. Para poder evaluar bien a un candidato o candidata debes poder pensar con claridad y estar dispuesta o dispuesto a descartar a quien te decepcione.

Escoger es un proceso de medir elementos positivos y negativos y llegar a una conclusión. La persona que tiene mucha necesidad tiende a ser mal negociante. Si piensas en qué prefieres y no en qué necesitas, tu actitud es más saludable. Tu pareja no debe hacerte feliz, sino más feliz. Desde esa perspectiva puedes negociar y evaluar sabiendo qué quieres y prefieres con una pareja. No le quitas importancia a la persona ni a ti.

Ambos deben ser felices con la relación, ambos deben añadir elementos deseados y ambos pueden aportar y enriquecerse. Ésa dinámica es de interdependencia. No te mueres ni tu pareja se muere porque se necesiten uno al otro.

Es posible que aún no estés listo o lista para buscar pareja si estas sufriendo porque una relación no dio resultado. Debes tomarte un tiempo para reponerte antes de buscar una nueva relación. Reponerte implica que puedas sanar los enojos y las decepciones que tuviste y superar la tristeza de esa perdida. Si piensas que todos los hombres o que todas las mujeres y relaciones son lastimosas, todavía no has sanado de tus heridas. Debes poder reflexionar e identificar los elementos que echaron a perder tu relación anterior.

Piensa de qué manera contribuyó tu pareja al fracaso y qué fue responsabilidad tuya. ¿En qué te equivocaste? Si surgieron conflictos serios debes considerar utilizar ayuda profesional para poder sanar más rápidamente aquellas áreas de debilidad en ti y poder identificar con más certeza los errores cometidos.

Si has estado reflexionando por mucho tiempo y tratando de rehacer tu vida, puedes emprender la tarea de buscar pareja nueva, aunque lleves poco tiempo de separación oficial.

Hay personas que continúan en una relación por mucho tiempo, aún después de haber decidido o entendido que ya la relación no funciona. Por diferentes razones posponen declarar o ejecutar su decisión de terminar la relación. Cuando logran separarse ya llevan mucho tiempo emocionalmente desligados de su pareja.

No hay un tiempo fijo o mágico para sanar y estar lista o listo para una nueva relación. Todo depende de cuánto has podido rehacer tu vida, de tal forma que cuando encuentres a alguien nuevo, no estés prejuiciado o prejuiciada ni tampoco tan necesitada o necesitado que aceptes la primera invitación que recibas sin evaluar bien a la persona que te la ofrece.

No debes descargar tus frustraciones con la relación anterior en la persona que estás evaluando. Si todavía se te nubla el pensamiento con recuerdos de la relación anterior, no estás lista o listo para iniciar otra relación.

Es necesario que organices en tu mente tus experiencias pasadas. Repasa mentalmente cómo han sido tus relaciones. Así podrás identificar los posibles prejuicios que traigas a una nueva relación. También puedes identificar cuáles han sido las cualidades que tiendes a buscar en alguien o que te llegan sin haberlas buscado. Más adelante te incluyo unos cuestionarios para que puedas plasmar en ellos elementos de tus relaciones pasadas. Puedes completarlos y añadirles otros elementos que recuerdes al responder a las preguntas.

El primer cuestionario recoge las cualidades de tus relaciones con familiares cercanos a ti y con amigos. Aunque no son parejas, son personas con quien te has relacionado de manera especial e íntima. Esas experiencias influyen en tus gustos y en tus propias cualidades. No debes minimizar el impacto de estas relaciones.

El segundo cuestionario aborda tus relaciones pasadas de pareja. Los cuestionarios están acompañados de una guía para considerar y analizar tus experiencias. Puede haber otros elementos que no estén incluidos en esta guía. Si identificas algunos busca información adicional en otros libros y con un profesional experto en la conducta humana.

Cuestionarios:

Mi familia y amistades

¿Cuántas personas hay en tu familia?

¿Cuántos hermanos tienes?________   Edades:

¿Cuál es tu posición?   ___ Mayor ____Medio _____Menor
_______Otro

Estatus de tus padres: Casados__Divorciados__Conviven__
Separados__Viudo(a)___

¿Cómo describirías la forma de ser de tu padre?:

¿Cómo describirías la forma de ser de tu madre?:

¿Cómo describirías la forma de ser de tus hermanos o hermanas?:

Hermano(a) 1:

Hermano(a) 2:

Hermano(a) 3:

¿Cómo describirías la forma de ser de tus abuelos? (si no los
conociste, describe lo que te han contado de ellos):

Abuelo paterno:

Abuela paterna:

Abuelo materno:

Abuela paterna:

Describe la forma de ser de tus mejores amigos:

Describe la forma de ser de tus mejores amigas:

¿Con qué tipo de personas no congenias?:

¿Cuáles son tus mejores cualidades?:

¿Cuáles son tus mayores defectos?:

Perfil de mis relaciones de pareja

¿Cuántas parejas has tenido?

¿Cuántas escogiste tú?

¿Cuántas te escogieron a ti?

¿Cuánto tiempo te duraron las relaciones?

¿Cuántos o cuántas te dejaron a ti?

¿Cuántos o cuántas dejaste tú?

¿Cuáles fueron las razones para que la relación se terminara?

¿Cuánto tiempo transcurrió entre cada relación?

Indica cuál de las siguientes oraciones te describen:

    1) Cuando me enamoro es
        a. poco a poco
        b. de flechazo, a primera vista

    2) Me enamoran:
        a. los detalles
        b. que me considere
        c. las cosas que me dice

    d. lo mucho que se parece a mí

    e. lo atractivo(a) que es

    f. que tenga dinero

    g. otras

3) Me desencanta que sea:

    a. creído(a)

    b. callado(a)

    c. no atractivo(a)

    d. pasivo(a)

    e. sin dinero

    f. bajito(a)

4) Considero que un noviazgo debe durar:

    a. meses

    b. años

5) Cuando conozco a alguien por primera vez:

    a. me imagino la familia con él (ella)

    b. me veo compartiendo/saliendo con él (ella)

    c. me imagino la intimidad sexual

6) Mi mejor cualidad como pareja es ser:

    a. comprensiva(o)

    b. atenta(o)

    c. cariñosa(o)

    d. fiel

    e. seria(o)

    f. alegre

7) Sé que lo que siento es amor porque:

    a. quiero estar toda mi vida con la persona

    b. no puedo estar tranquila(o) en su ausencia

    c. solo pienso en la persona

    d. otra________________________

8) ¿Qué cualidades tienes que tus parejas han evaluado como positivas?

9) ¿Qué quejas han tenido de ti tus parejas?

10) ¿En qué áreas has mejorado desde tu primera relación?

Atributos de mis parejas

Anota los atributos de tus parejas, especialmente los que te enamoraron.

Físico (estatura, color de piel, etc.)	Personalidad (rasgos)	Estatus-Circunstancias sociales

Resumen de mis relaciones

Anota de manera precisa la contestación para cada una de tus relaciones.

	Pareja 1	Pareja 2	Pareja 3	Pareja 4
¿Quién hizo el acercamiento?				
Tu impresión la primera vez que lo(a) viste				
¿Qué te enamoró de esa persona?				
Atributos positivos de la persona				
Atributos negativos de la persona				
Experiencias positivas de la relación				
Experiencias negativas de la relación				

¿Cuánto tiempo duró la relación?				
¿Quién la terminó?				
¿Cuáles fueron las razones para terminar la relación?				
Marca las siguientes preguntas usando la puntuación del 1 al 10 1 (mínimo) 10 (mucho)				
¿Cuán genuino(a) fuiste en la relación?				
¿Cuánto dejaste de ser tú?				
¿Cuánto lo(a) amaste?				
¿Cuánto te amó?				
¿Cuánto disfrutaste la intimidad sexual?				
¿Cuánto discutían?				
¿Cuán buena era la comunicación?				
¿Cuán compatibles eran?				
¿Cuánto sufriste al separarte?				

Capítulo 2

Guía para el análisis de los cuestionarios

El mejor análisis de tus contestaciones lo harás tú. Tendrás la oportunidad de descubrir datos importantes y significativos que antes los mirabas sin darle ninguna importancia. Ahora, cuando los mires en el contexto del historial de tus relaciones, descubrirás que hay algún elemento de tu vida, alguna motivación, algún patrón que le da sentido a lo que has vivido.

No menosprecies el valor de descubrir esos patrones y de hilvanar las experiencias. Detenerte a pensar sobre tus experiencias te va a llevar a reflexionar y a entenderte mejor como persona.

Generar cambios en tu persona conlleva entrar en un proceso de autodescubrimiento. Gran parte del trabajo de cambiar lo que no nos gusta de nosotros, lo que vivimos y lo que hacemos, es el proceso de crear conciencia sobre aquellos elementos que afectan tu vida. En la medida en que puedas "ver" lo que vives y haces tendrás mayor control sobre tu vida.

Muchas personas me han dicho que cuando se encuentran al final de la relación pueden ver con claridad quién era realmente la persona que amaban, cuáles eran sus defectos y virtudes. En ésta etapa pueden ver y entender lo que otros le comentaban y le advertían acerca de su pareja, porque ya no están ciegas como al principio de la relación.

Esto se debe a que cuando surge la atracción también surge la venda sobre los ojos. Esa famosa ceguera es la espontaneidad que no tiene instrucciones ni guías. Una vez entiendas y aprendas más acerca de cómo tiendes a escoger y por qué, cuando tengas unas metas y expectativas claras del tipo de persona que buscas para ti, no estarás dando palos a ciegas.

Es más viable evitar experiencias desagradables en el amor cuando andas con los ojos bien abiertos y estés más segura o seguro de lo que quieres.

Examina bien tus contestaciones porque ahí están las claves de lo que buscas y de lo que no debes buscar. No te juzgues ni te reproches cuando analices tus respuestas. Simplemente descubre lo que has vivido. El solo hecho de que logres identificar algo que no habías captado antes te llevará a tener mayor control sobre quién compartirá contigo.

Ciertamente, lo ideal sería que consultes con un profesional que te ayude a analizar tus respuestas. No obstante, voy a darte unas ideas y conceptos claves que le darán perspectiva a tus vivencias. Te invito a que mantengas una mente amplia y abierta cuando leas la información que te presentaré a continuación, de manera que le puedas sacar provecho.

La constelación familiar

La familia ejerce una gran influencia en el desarrollo de la personalidad. Es en el seno familiar donde aprendes qué hacer para que alguien se fije en ti, que te den compañía o, incluso, que te quieran. De hecho, la manera en que se conquista a una persona está contaminada con las vivencias de la niñez.

Factores tales como el número de miembros de la familia y el lugar que ocupas entre hermanos o hermanas, influyen en tu forma de ser, en tu personalidad y, por ende, interfieren cuando decides a quién escoges como pareja.

Otro factor importante es que los miembros de la familia se interrelacionan mostrando ciertos patrones de conducta y asumiendo diferentes roles, que se traducen en rasgos de personalidad que se internalizan a través del tiempo.

Dentro de la familia existen diferentes elementos que afectan la percepción de la vida. Por ejemplo, tus padres no solo efectúan un "endoctrinamiento" acerca de cómo ellos desean que te comportes, sino que te modelan conductas que imitarás e internalizarás como parte de tu forma de ser. Este tipo de aprendizaje afectará cómo percibes la vida y cómo te sientes emocionalmente.

La rivalidad entre hermanos sea del mismo sexo o de sexos opuestos, que naturalmente se da en toda familia que tenga varios hijos, también es un elemento que influye en el comportamiento del adulto (lo mismo aplica cuando se es hijo único, pero se expone continuamente a primos y a otros niños).

Se repiten las actitudes, los prejuicios y las conductas que surgen a raíz de esa competencia entre hermanos. Por ejemplo: la manera en que reaccionamos a dinámicas de favoritismo en la familia se va a reflejar en el proceso de seducir y de ser seducido oseducida.

Si te encuentras compitiendo con alguien por el amor de una persona que te interesa, vas a proyectar lo que viviste en tu niñez cuando competías con tus hermanos por la atención de tus padres. Si te criaste pensando en que había favoritismo hacia uno de tus hermanos o hermanas, de adulto o adulta vas a pensar que compites en desventaja.

Esto implicará que tendrás la tendencia a menospreciar tus atractivos y a prejuzgar la reacción y pensamientos de quien quieres enamorar. Posiblemente ni siquiera intentarás enamorar la persona, porque piensas que no serás elegida o elegido, que no eres la favorita o el favorito.

La relación con tus hermanos va a estar determinada por la cantidad que tengas y el lugar que ocupas entre ellos. Los padres y madres deciden la cantidad de hijos que desean tener y la diferencia de edades entre ellos. Lo hacen pensando en que quieren un tamaño particular de familia o porque buscan tener hijos de una combinación de sexos.

Muchos padres y madres buscan una parejita o terminan teniendo tres hijas y un varón, porque en realidad querían un varón y, hasta que no llegó, no detuvieron el proceso. Los padres o madres no piensan en cómo la posición, con relación al número de hijos, afecta la personalidad. Ellos no piensan en la influencia que se tiene o se recibe al ser el primero, el del medio o el último de los hijos.

Las hijas e hijos únicos tienden a ser egoístas y engreidos. Tienen fama de querer todas las atenciones y de ser muy creídos o creídas, porque no tienen que compartir con hermanos o hermanas. Todo es para ellos o ellas.

Como hija e hijo único vas a tender a buscar parejas que te mimen mucho y que te den muchas atenciones. Te enamoras de personas cariñosas y zalameras, pero eres vulnerable a conductas "sorpresas" que no supiste evaluar o no les diste importancia durante el noviazgo.

Lo cierto es que las hijas e hijos únicos tienen menos experiencia negociando con personas de su mismo nivel o con sus pares precisamente por la ausencia de hermanos en su crianza. Por lo general, no tienen la oportunidad de practicar la destreza de ser empáticos y de entender lo que viven los demás a su alrededor.

Tampoco tienen la experiencia del hermano mayor que le da guías y le enseña conductas propias de su edad, lo cual le limita a las enseñanzas y el modelaje de sus padres u otros adultos.

Por otro lado, si la diferencia de edades entre tú y tu hermano o hermana más cercano es de siete años o más, te criaste como si fueras hija o hijo único. Si fuiste hija e hijo único, pero tu abuela te cuidaba a ti y a tus primos, entonces no eres el caso típico de hija o hijo único, porque tus primos te obligaron a aprender y a practicar las conductas que hubieras tenido que aprender con hermanos o hermanas. Por lo tanto, aunque seas hija o hijo único, no te comportas de manera egoísta ni insensible.

El hermano mayor tiende a asumir responsabilidad por los demás. En parte es así porque su padre o madre se lo promovieron. Los hermanos mayores tienden a ser ubicados en el rol de padre alterno. Se le pide que vele por sus hermanitos y que sea un ejemplo para ellos. Se le exige mayor cooperación y mayores logros.

Cuando las hijas o hijos mayores seleccionan parejas tienden a escoger personas de menor edad, inmaduras y dependientes. Cuando empiezan la relación, entran con la expectativa de que serán responsables de tomar el liderazgo en las decisiones y esperan una pareja pasiva. No tienen mucha tolerancia para que sus parejas tomen la iniciativa o los contradigan.

Paradójicamente, estas personas tienden a resentir la carga emocional que conlleva la responsabilidad de ser constantemente líderes, porque sienten que no tienen a quién recurrir cuando necesitan apoyo. Creen que no pueden "darse el lujo" de ser débiles, porque esto le quitaría poder dentro de la relación.

El hijo del medio es el "jamón del sandwich". Tiene un poco de todos. Tiende a competir con el mayor y quiere alcanzar los mismos logros. También busca servir como mediador entre su hermano mayor y el hermano menor. Por lo regular, el hijo del medio es el más tímido y reservado.

De chiquito, es el que opta por observar antes de actuar. A la hora de escoger pareja, va a buscar características de su hermano mayor y, a la misma vez, de su hermano menor. Por ejemplo: podría preferir personas egocéntricas o muy protectoras, o alguien que es necesario proteger todo el tiempo.

El hijo menor suele ser el querendón de la familia. Es mucho más dependiente y caprichoso. Es el que recibe supervisión de todos pero, a la misma vez, otros le resuelven todos sus problemas y satisfacen todas sus necesidades.

No obstante, es posible que haya sido abandonado por la falta de recursos y por la competencia de sus hermanos mayores, quienes eran más hábiles en conseguir lo que querían. El hijo menor con complejo de abandonado y discriminado es tan problemático como el hijo engreído. Debido a su sentimiento de abandono, escogen personas que lo adulen, lo mimen y le pidan muy poco a cambio.

De tal palo, tal astilla

El primer modelo de relación de pareja que tú ves y vives es el de tus padres y madres. Le siguen las relaciones de familiares cercanos tales como los abuelos, tíos y primos. El árbol genealógico no solo tiene que ver con características físicas.

También incluye características de personalidad, patrones de conducta y conflictos en la relación de pareja.

Tus padres aprendieron de tus abuelos y tus abuelos de tus tatarabuelos. Durante su crianza, ellos aprendieron a percibir la vida de cierta manera y a manejarla con ciertas estrategias. La forma de ser de tus padres y la de tus abuelos es el resultado de la endoctrinación verbal y del modelaje al cual fueron expuestos cuando se criaron.

Tus abuelos les enseñaron a tus padres solamente lo que ellos sabían y conocían. Si no lo conocían o no sabían que existía, no lo podían enseñar a sus hijos. Así pues, tus padres son el producto de las enseñanzas y deficiencias de tus abuelos y de sus familias. De igual manera, tú y tus hermanos han heredado y aprendido patrones de conducta y dinámicas de percepción que son, en general, típicas de tu familia.

Así como los genes son dominantes o recesivos, las dinámicas de la familia ejercen una fuerte influencia en el desarrollo de una persona. Te vas a dar cuenta de la influencia de un patrón de conducta específico cuando éste se repite una y otra y otra vez. Mientras más se repite y mientras más se manifiesta entre los miembros de tu familia, más fuerte es la influencia de ese patrón en la personalidad de los individuos.

Si observas bien, puedes dividir a tu familia en diferentes bandos. Por ejemplo: los sumisos, dominantes, violentos, pacíficos, alegres o deprimidos. También vas a notar que hay patrones de conducta que tienen que ver con la calidad de las relaciones, con cuánto tiempo duran y la manera en que las parejas interactúan.

Podrás identificar cómo las personas manejan conflictos, si las mujeres son controladoras o sumisas, si hay incidentes de violencia doméstica, de adicción, alcoholismo o de infidelidad.

Las relaciones de parejas son mucho más diversas cuando no existen patrones fuertes que afectan la vivencia. Cuando los patrones de conducta son fuertemente evidentes, vas a notar que las parejas también van a manifestar un patrón similar en los conflictos y la manera en que resuelven problemas. A veces, en su intento de no vivir las mismas dinámicas que otros miembros de la familia, las personas se van al extremo opuesto y son totalmente diferentes.

Cuando identifiques esos patrones y rasgos que se repiten frecuentemente, ubícate en cuál de los patrones participas tú. Determina cuál de esos patrones se manifiestan en tu forma de relacionarte con otras personas. Si hay diferentes grupos o bandos en la familia, ubícate a cuál de ellos perteneces y determina con cuál de ellos te identificas más.

A su vez, examina en cuál de esos bandos está o ha estado la pareja que has escogido ahora y en el pasado. Te sugiero que también evalúes el árbol genealógico (historial) de tu pareja e identifiques los patrones de conducta que tu pareja probablemente repita contigo si deciden establecer una relación.

La familia se hereda; los amigos se escogen

Uno nace y es miembro de una familia que otro estableció. Los amigos se escogen y se descartan de acuerdo con cómo somos y queremos vivir. La relación de amistad es voluntaria y libre de compromisos legales y de conflictos. Es en la relación de amigos en la que muchas veces obtenemos el apoyo y la comprensión que no tuvimos en la familia y, de hecho, tendemos a ser más genuinos y sinceros con aquellos amigos que hemos mantenido por muchos años.

El conjunto de las cualidades de tus amigos revela tus afinidades e intereses al relacionarte de una manera íntima. Compartes casi todo con aquellos que escoges como amigos. El sexo y la pasión no son parte de la amistad, pero a veces hay amistades con quienes la confianza es tan grande que compartes cosas que no haces con tu pareja.

Así, los amigos pueden dormir juntos y hablar de complejos que tienen acerca de su cuerpo y de miedos relacionados con el sexo. Hay amistades con quienes puedes expresar cosas muy íntimas que no te atreves decirle a tu pareja.

Observa y evalúa detenidamente cómo son tus amigos. Este análisis te dará la clave del tipo de persona con la que te llevas mejor. Tú sabes que hay amigos y hay amigos. Unos son más íntimos que otros. Puede que las cualidades que tenga uno no las tenga otro, porque a veces no conseguimos un amigo que lo tenga todo y, pues, completamos con los demás.

Hay amigos que se mantienen por lealtad, porque los conoces hace mucho tiempo. Otros son más nuevos (los has conocido más recientemente) y compartes intereses profesionales o recreativos. Sean nuevos o de mucho tiempo, lo importante es que enfoques tu evaluación en sus rasgos de personalidad y en su forma de ser.

Es importante que identifiques cuáles son sus atributos y cuáles de esos atributos son los más deseados, importantes, los que más disfrutas y que para ti son indispensables.

Tus enemigos dicen mucho de ti

Además de tener amigos, están aquellos que no entran ni entrarán jamás en tu reino, porque no te agrada su forma de ser o porque han hecho algo que consideras imperdonable. No obstante, es importante que identifiques los atributos negativos de esas personas (para que crees conciencia del impacto que tienen en tu persona).

Cuando estés escribiendo el análisis de tus relaciones, incluye la cualidad negativa de tus enemigos y al lado escribe lo que sería la antítesis. Por ejemplo: orgulloso versus humilde. Si la persona que te desagrada es orgullosa, entonces puedes deducir que la humildad es una cualidad que tú valoras en las personas. Al hacer este ejercicio podrás afinar aún más la lista de cualidades que piensas son más idóneas en una persona.

Mírate en el mismo espejo

Sé honesta u honesto y evalúa con sinceridad tus propias cualidades. Los ojos con los cuales te miras en el espejo son los mismos que utilizas al evaluar a las personas que se te acercan. Si no puedes identificar tus defectos, o si se te hace difícil aceptar tus virtudes, anota lo que los demás te han dicho de ti.

En resumen…

Es posible que en tu análisis de tus relaciones de pareja encuentres más de un patrón específico. En la tabla "Resumen de las relaciones" vas a plasmar los datos y características de tus relaciones. Examina bien el contenido de esta tabla y anota lo que te llama la atención. Anota, además, lo que tienen en común tus relaciones y lo que se repite (aunque solo sea de manera parecida).

Puede ser posible que todas tus relaciones hayan sido empezadas por iniciativa de tu pareja y no por la tuya. Si esto fuera cierto, entonces es probable que las personas con quienes has establecido una relación de pareja no tengan las cualidades que tú realmente deseas. Es más probable que tu pareja tenga un mayor número de tus cualidades preferidas si eres tú quien escoge e inicia la relación.

Capítulo 3

Criterios de selección

El análisis del cuestionario te dará una idea de cuán lista o listo estás para buscar una relación y de cuáles han sido los patrones en tus relaciones anteriores. Ahora vas a fijarte en la otra persona. Recuerda que todo lo que aplica a tu pareja también te aplica a ti. Por esta razón, si entiendes que la persona debe ser responsable, entonces tú tienes que estar dispuesta o dispuesto a ser igualmente responsable.

Los criterios de selección son elementos que debes tomar en consideración antes de establecer una relación. Algunos son elementos muy individuales que corresponderán a tus gustos e intereses. Otros son esenciales para que cualquier relación de pareja se mantenga saludable y dure mucho tiempo.

Verás que algunos de los criterios son muy simples y de sentido común. Sin embargo, la simplicidad del criterio no disminuye su importancia ni su impacto, bien sea positivo o negativo, en una relación. Por lo tanto, no menosprecies su importancia a la hora de elegir pareja.

¿Está disponible?

Para empezar, es importante determinar cuán disponible está la persona que te interesa. Si se encuentra en un proceso de separación de una relación anterior, será un candidato muy inestable e impredecible. Cuando las personas están en proceso de separación o en conflictos serios con su pareja, tienden a asociarse con gente que las escuchen y las entiendan.

Si se da este escenario, la persona nueva en la vida de quienes están en proceso de separación se convierte en un oasis y, por lo mismo, desbordan su angustia o su encanto en ella, con quien aún no han tenido un conflicto o problema. Buscan donde calmar su tormento emocional.

Por lo general, las personas en proceso de separación no están interesadas en establecer una relación, porque la anterior fue tan cargada y conflictiva que no le quedan energías para entrar en otra relación que también le imponga demandas.

Se resisten a entrar en una relación profunda y pretenden que la otra persona sea sólo su paño de lágrimas o un oasis libre de conflictos y dificultades. La relación que prefieren establecer es "para estar bien" y para disfrutar, no para pasar trabajo.

Otras personas en proceso de separación logran reconciliarse con su pareja y solo quedan agradecidas de la "amistad" que se le brindó. En muchas ocasiones viven momentos de ambivalencia. Algunos días añoran ala pareja anterior porque, a la distancia, no viven en constante conflicto como cuando decidieron separarse y las tensiones bajan.

Por otro lado, la relación nueva, por ser nueva, trae incógnitas y áreas por explorar y aclarar que ya en la anterior relación eran "pan comido". Lo que la pareja anterior ya había cedido y aceptado con resignación, la nueva puede empezar a cuestionar y a querer negociar.

Asimismo, la relación nueva tiene la chispa de la atracción inicial. No existen ataduras, presiones ni una obligación significativa y, por lo tanto, resulta ser atractiva. Los inicios de cualquier relación se caracterizan por muchas salidas a cenar, al cine, a realizar actividades recreativas que ya no se hacían.

Inicialmente hay mucha atracción física y, a veces, mucha actividad sexual. Todo eso puede confundirse con amor a la persona. Es posible que, en realidad, lo que la persona está "amando" es la actividad en sí y no a la persona con quien la está viviendo. Es muy fácil confundir una cosa con la otra. Si la relación de la cual se está separando, por la razón que sea, no promovía esas actividades, el que la nueva las permita o las propicie es suficiente para sentir alegría, frescura, contentura. Ninguna de esas cosas es amor, pero lamentablemente muchas veces se confunden como tal.

La comodidad de lo ya conocido también resulta un elemento poderoso al momento de decidir con cuál de las dos relaciones se quedará la persona.

Al pasar el tiempo, muchos van aclarando esa confusión y ambivalencia y deciden regresar y darle otra oportunidad a su pareja anterior. No obstante, hay relaciones nuevas que perduran aún cuando una de las personas se encuentre en proceso de separación de una relación anterior.

Éste es el caso de la persona que lleva separada emocionalmente mucho tiempo y solo permanece con su pareja por compromisos, como los hijos, o porque no había encontrado a alguien a quien amar. En ese caso, finalmente se da el rompimiento que debió haberse dado hace mucho tiempo.

Si la persona se encuentra "feliz" en una relación de pareja, su disponibilidad emocional para mantener una segunda relación será mucho más limitada que su disponibilidad física. Puede que haya mucha atracción física que resulte en una relación de amantes, pero esa atracción no será lo suficientemente fuerte para que quiera cambiar su vida comprometida.

La relación de pareja primaria será la prioridad en esa persona, por lo que surgirán muchas complicaciones al iniciar una relación secundaria. Se requiere mucha energía emocional para llevar dos relaciones a la vez y, por lo general, surgen conflictos en cuanto a la disponibilidad de tiempo para compartir. En este caso, la relación secundaria tiende a ser temporera porque, de lo contrario, la persona podría tener que decidirse por una de las dos relaciones.

La persona que se encuentra libre y que entra en este tipo de relación, por lo general se envuelve cada vez más y comienza a exigir que se le dedique más y más tiempo. Si el estatus de la relación no cambia, la persona en el rol de amante tiende a romper la relación. Las promesas y las explicaciones de por qué no se separan de su conyuge pueden alimentar las esperanzas por un tiempo prolongado, pero no para siempre.

Las relaciones secundarias o de amantes perduran y son exitosas solamente cuando ambas personas desean tener un nivel limitado de envolvimiento. Algunas mujeres han encontrado favorable este tipo de relación con un hombre, porque les reduce la posibilidad de tener que lidiar con muchos de los aspectos del machismo.

Este tipo de relación es una alternativa para aquellas personas que tienen dificultad para envolverse en relaciones de mayor compromiso o se sienten amenazadas por la intimidad con otras personas. Después de todo, la mayor parte de las veces no tienen que lidiar con deficiencias o dificultades severas dentro de la relación.

La relación secundaria también permite mayor libertad para tomar decisiones, así como para desempeñarse social y profesionalmente, ya que tienden a tener menos obligaciones y compromisos con su pareja.

Experiencia en relaciones anteriores

El historial de las relaciones pasadas tiene mucha información valiosa que debes considerar al evaluar un candidato. Es necesario que conozcas cuál es el patrón de sus relaciones anteriores, con qué tipo de personas se ha relacionado, cuáles han sido los conflictos que surgieron y las razones de los rompimientos.

En ese historial puede estar la información de una persona adulta que nunca ha tenido una relación significativa de pareja o de amistad y que, por esta razón, tiende a tener serias dificultades en establecer una relación saludable.

Lo mismo sucederá si la infidelidad, el maltrato, la irresponsabilidad o la falta de compromiso fueron un patrón en las relaciones anteriores de determinada persona. Si eso ocurrió, es muy probable que también surjan esos problemas en la relación que la persona tenga contigo.

Las victimas de maltrato, en ocasiones, supieron del historial de violencia en relaciones anteriores de su pareja, pero pensaron que con ellas sería diferente. En realidad, es poco probable que tú vayas a ser la excepción y de seguro repetirá contigo los patrones que habrás identificado de sus relaciones pasadas, a menos que busquen ayuda profesional.

Si, por otro lado, la persona ha tenido relaciones saludables en las que la incompatibilidad, falta de amor o circunstancias particulares fueron el motivo del rompimiento, puedes esperar que la relación contigo también sea saludable.

Cuando las personas son estables y saludables las relaciones pasadas tienden a mostrar un patrón de crecimiento personal. Los errores de las primeras relaciones no se deberán observar en las siguientes, porque la persona madura y crece con cada una de las experiencias. En ese aspecto te beneficiarás de las experiencias adquiridas por la persona en otras relaciones.

La idea de tener una pareja que nunca ha tenido otras relaciones no es muy práctica. La pareja de "inexpertos" tiende a vivir muchas dificultades y crisis relacionadas directamente a la falta de experiencia. Esos errores de novatada producen resentimientos y heridas que a veces no pueden sanarse. La infidelidad que llega por inmadurez duele igual y requiere el mismo doloroso proceso de sanar.

Aún cuando la persona crece y madura al entender que una noche de placer no valió la pena ante el dolor que le causó a su pareja, muchas veces la desconfianza que se produce en la otra persona no logra superarse y la relación se echa a perder.

Cuando explores el historial de sus relaciones pasadas hazlo buscando el patrón de conflictos y no el culpable de dichos conflictos. La tendencia de muchas personas es de narrar los hechos desde su punto de vista y de justificar su conducta.

No te va a contar que ha sido infiel sin justificarlo. No te va a confesar que ha sido violento sin decirte que fue provocado por su pareja. No te admitirá que es irresponsable, te dirá que su pareja era muy exigente y dominante. Solo te podrá hablar con sinceridad de ese tipo de problemática si ha buscado ayuda y ha logrado mejorar sus debilidades.

Típicamente, sin embargo, cuando te hablan de su pasado, le atribuyen los problemas a la otra persona. Es recomendable asumir una actitud de cautela. Si te hablan de conflictos serios, recuerda que se necesitan dos para que el conflicto se mantenga. Si en la mayoría de sus relaciones ha habido violencia, entonces algo anda mal con él también. Si solamente fue en una de sus relaciones, es posible que haya sido por la participación de la otra persona y no porque él tenga problemas de agresividad.

La atracción/La chispa

A la hora de buscar pareja muchas personas andan como con un "radar" encendido. Ese "radar" está buscando una sensación que típicamente se le da el nombre de "química" y de "chispa".

La persona que busca debe hacer que el "radar" se active ante esa atracción o química y, entonces, se comienza a explorar quién es esa persona que puso a sonar al "radar". Aunque la atracción que sientas por alguien te haga pensar que la persona es especial, en realidad los atractivos no necesariamente están relacionados con su capacidad de amar y mantener una relación saludable.

Se puede llegar a sentir mucha atracción hacia situaciones peligrosas o personas con quienes se establecen relaciones muy negativas. Por ejemplo, las personas que han sido criadas en un ambiente de discordia familiar, con uno de los padres alcohólicos, adicto o con problemas emocionales severos, tienden, a su vez, a sentirse atraídas y a establecer relaciones con personas problemáticas y disfuncionales.

Personas que tienen a uno de los padres con algún tipo de adicción suelen sentirse atraídos por personas que quizás tengan un tipo de adicción. Puede que la adicción sea diferente, pero, al fin y al cabo, es adicción.

Los vicios o adicciones son diversos. Puede ser el vicio de apostar dinero, la infidelidad, el fanatismo a la religión o al trabajo. La problemática de la adicción está acompañada de la dificultad para resolver conflictos, para comunicarse y dialogar o confrontar problemas.

Cuando durante la crianza las hijas o hijos viven un patrón de maltrato verbal y físico entre los padres y madres, los hijos muchas veces lo repiten con su pareja cuando son adultos. Bien sea que maltraten o que permitan ser maltratadas o maltratados.

No es que estas personas concientemente escojan personas que maltratan, pero en la mayoría de los casos las personas que le atraen luego resultan que son de ese tipo. Si te atraen personas que resultan ser dañinas para ti o si tiendes a sentirte atraída por personas que te maltratan física y emocionalmente, debes buscar ayuda profesional.

Veamos un ejemplo de lo expuesto:

Sonia se crió en un ambiente de mucho conflicto en su hogar. Su padre era alcohólico y le pegaba a su madre. Cuando ella intentaba intervenir para socorrer a su madre, también era agredida por su padre. Ya adulta, Sonia se enamoró de un hombre que se presentó muy cortés y halagador en una fiesta. Sonia observó poco después que al hombre le gustaba apostar y visitaba mucho los casinos, pero prefirió no darle importancia a su preocupación porque, distinto a su padre, el hombre continuaba siendo cortés y halagador. Sonia se casó con él, pero años más tarde se dio cuenta de que su marido, aunque distinto a su padre en algunos aspectos, tenía una adicción a apostar que les traía serios problemas económicos y conflictos tan severos como los que vivían sus padres como pareja.

El historial de relaciones de parejas de muchas personas refleja la repetición de las dinámicas vividas en el hogar de sus padres. La pareja escogida se parece mucho a su padre o madre, a pesar de lo problemática que fuera esa relación. Por eso, a veces escuchamos frases como estas: "Eres igualito a mi padre, me haces lo mismo que él le hacía a mi madre, no quiero sufrir lo mismo que ella sufrió".

Cuando el patrón es muy marcado y dañino o peligroso, es importante que lo reconozcas inmediatamente. El solo hecho de entender que siempre cometes el mismo error no es suficiente para cambiarlo. Si ese es tu caso, debes buscar ayuda.

También es frecuente observar mujeres que se sienten atraídas por personas necesitadas y desvalidas, con las cuales entran automáticamente en un rol de socorristas.

Muchas veces conocen a la persona por primera vez en medio de una crisis económica, familiar, emocional o personal. Las ven desvalidas, solas, víctimas de las circunstancias de los demás. La gratitud que le demuestra la persona abatida les ayuda y estimula la atracción. Le agradecen el dinero, el tiempo, el cariño y la comprensión.

Usualmente, la persona en crisis tiene rasgos de dependencia, es inmadura y tiene mucha dificultad para resolver problemas, sin embargo, se presenta como víctima de los demás y da a entender que, si cambian las circunstancias en las que vive, volverá a ser una persona feliz y funcional.

Personas con características como ser responsables, serviciales, compasivos y generosos pueden sentirse atraídos y enamorarse de estas personas dependientes y se esfuerzan por resolverle cada uno de los problemas que estén a su alcance.

En la medida en que pasa el tiempo y la persona se entrega "totalmente" descubre poco a poco el lado oscuro de su pareja. Descubre que su pareja siempre tiene problemas y que pudiendo resolverlos a tiempo no lo hace. O que es una persona caprichosa, de antojos y fantasías, y que se cansa y se desanima con mucha facilidad.

Puede descubrir con el tiempo que esa persona tiende a ser irresponsable y con frecuencia es egoísta e insensible a las necesidades e intereses de su pareja, que tanto le da y tanto se sacrifica por ella. En momentos en que la persona espera la ayuda y la comprensión de su pareja dependiente, no la recibe y lo resiente.

No es, muchas veces, hasta después de años de maltratos, que la persona acepta que se enamoró de una persona que luego resultó ser muy diferente de lo que aparentaba inicialmente.

Si piensas que el amor todo lo puede cambiar, te equivocas. Tu ayuda y tu amor no lograrán convertir a la persona en ese ser especial con quien podrás tener una relación de pareja ideal. Te agotarás y te desgastarás hasta que te des cuenta de que cometiste un error.

El rescatar a personas necesitadas fomenta una relación de dependencia que se asemeja más a una relación madre e hijo que a una relación de pareja entre adultos. La atracción y el apego que sientes por la persona es parte de un patrón enfermizo y te hará mucho daño si lo interpretas como el amor de tu vida.

Otra gente se siente atraída hacia las personas difíciles porque lo asume como un reto. Piensa que una persona que la ignora, la mantendrá en un constante esfuerzo por atraer y gustar. Sin embargo, más tarde descubre que, por lo general, la relación se queda siempre en esa etapa y nunca se alcanza un compromiso verdadero con la pareja.

Es necesario entender que la atracción que se siente por una persona es solo eso, atracción. Atracción es un interés especial en cuanto a la intensidad y el poder de "halar" a la persona. La atracción puede ser provocada por estímulos visuales (la apariencia física), estímulos auditivos (la voz), estímulos olfativos (el perfume), estímulos táctiles (su piel suave), etc.

Lo que te llame la atención y los estímulos que tu asocies con éxito, dulzura, fortaleza y otros atributos positivos son los que lograrán enamorarte. Las personas que tienden a prestarle más atención a los estímulos auditivos pueden ser seducidas por una voz "varonil" y suave. Las personas que son "visuales" se enamoran de unos ojos verdes o azules. Sin embargo, una persona auditiva quizás no se interese por los ojos azules de alguien que sea guapo, pero que sí tenga una voz imperceptible.

La atracción también puede ser provocada por estrategias de seducción que logran captar la atención y hacer atractivo a quien inicialmente no lo es o no te conviene. La combinación de una apariencia que resalte y embellezca los atributos físicos de la persona, que use frases halagadoras, te ofrezca detalles como obsequios y te demuestre mucha cortesía en el trato, puede lograr hacer muy atractivo a alguien cuyo físico tenga varios defectos.

Es la misma estrategia que utiliza quien quiere vender un auto usado o una residencia. La pintura nueva en un automóvil usado y con problemas mecánicos puede desviar la atención de los defectos del vehículo en su mecánica. De igual manera, los defectos serios en la plomería de la casa pueden ser opacados por la pintura fresca y llamativa de las paredes.

Coquetear es una estrategia que va dirigida a resaltar lo bonito en la persona y a fomentar una ilusión romántica. La persona experta en enamorar logra manipular la atención de su enamorado a su antojo. La seducción es una manipulación que logra desarmar el buen juicio y quitarle la fuerza de voluntad a la persona seducida. La hipnotiza al hablarle y al tratarla de tal manera que produce interés o, por lo menos, logra que la persona se deje llevar por el seductor.

No hay que ser muy débil para caer en la trampa de una seducción. Las miradas coquetas y las frases halagadoras son muy efectivas en ablandar a la más fuerte de las personas. Esa atracción que se logra no refleja amor o las buenas intenciones de nadie. Esa atracción es solo el reflejo directo de la capacidad de enamorar del seductor.

Puede reflejar, también, el deseo y la desesperación que vive la persona que se ilusiona casi a nivel divino y que con poco esfuerzo la pueden enamorar. La necesidad de sentirse enamorada o enamorado es tan grande en estas personas que no requiere mucha seducción para convencerlas.

Sentir atracción es lo opuesto a la indiferencia. No quedas igual. No te sientes igual una vez la otra persona te atrae. Cuando surge la atracción se quiere estar cerca de la persona, es una inquietud que no da lugar a la indiferencia. Hay personas que describen la atracción como un salto del corazón, un susto, un dolorcito en el pecho.

Muchos la sienten desde un principio como una expresión física. Sin embargo, la atracción ocurre primero a un nivel mental y luego se torna física. El interés mental provoca una reacción física. Cuando se piensa o se recuerda a la persona y cuando se tiene a la persona cerca se produce una reacción o "excitación" física que se siente placentera. También puede ser una mezcla de interés y ansiedad lo que produce los cambios físicos que asociamos con la chispa romántica.

El deseo sexual es un proceso de estimulación y excitación del sistema reproductivo, de los órganos sexuales. Hay hormonas que desencadenan la excitación sexual. La testosterona es protagónica para la excitación en el hombre y en la mujer. La feromona es una hormona que surge como protagonista cuando la mujer está ovulando. Se percibe a un nivel inconsciente a través del olfato y provoca mayor interés sexual.

Tanto el hombre como la mujer lo perciben y experimentan sensibilidad física y atracción. La persona que siente atracción experimenta cambios en su respiración, en la piel y en sus sentidos.

El hombre sufre cambios en el flujo de sangre hacia su pene, que luego se convierte en una erección. La mujer siente variciones en la sensación de su vagina y el clítoris, y sus pezones se endurecen. Ambos sienten la urgencia de acercarse a la persona que desean y de tener contacto físico con ella.

El interés de compartir sexualmente con la persona puede surgir tanto al momento de la atracción inicial, como luego de haber compartido más. Hay personas que piensan que si primero hubo una amistad sin deseo sexual, nunca habrá dicho interés. No siempre se desea sexualmente a la persona desde un principio. El proceso de excitación comienza en el cerebro y está influenciado por la interpretación que hace la persona de lo que observa y percibe de la otra.

Tomemos el ejemplo de la persona que asocia el color de piel negro con personas indeseables y problemáticas. Probablemente no sentirá atracción física hacia una persona con un color de piel negro por más rasgos físicos "atractivos" que tenga.

Igualmente, si una persona casada es totalmente prohibida, y si tampoco es permitido enamorarse de una persona de menor edad, la atracción sexual inicialmente es poco probable. No es hasta que surja la cercanía y el interés de compartir con la persona por otras razones que entonces se elimina el obstáculo inicial y surje la atracción sexual.

Tomemos el siguiente ejemplo: hay personas que comparten porque trabajan en el mismo lugar y tienen intereses similares. Durante el almuerzo se sientan juntos y hablan sobre temas de interés para ambos. Disfrutan esos momentos y los buscan con regularidad. Pueden, entonces, aprovechar la disposición de escuchar en el otro y comenzar a hablar de temas más íntimos y personales.

Ese compartir se convierte en algo importante que cada vez se añora y se disfruta más. Esa "atracción" es emocional, pero luego puede transformarse e incluir la atracción física. Si no hay barreras emocionales, sociales o morales, entre otras, la atracción se puede ampliar e incluir el aspecto sexual y físico.

La apariencia física es el factor que más frecuentemente predomina en la experiencia de la atracción. El aspecto visual influye mucho en la fase inicial de excitación, especialmente en el hombre. Por lo general, la apariencia se evalúa de acuerdo al concepto que la persona tenga de lo estético. Sin embargo, los gustos son tan variados como los colores.

Por lo anterior, lo que puede ser muy atractivo para una persona puede ser horrible para otra. Hay personas, por ejemplo, que buscan gente "poco atractiva" para reducir las posibilidades de tener que lidiar con una posible infidelidad. Otras, sin embargo, buscan gente atractiva para poder demostrar su capacidad de atraer personas bellas.

Como ves, el "tucu tucu" "la chispa", "la química" muchas veces engaña y nada tiene que ver con el establecer una relación saludable.

Puedes preferir que tu pareja sea de tez blanca, ojos azules, alto, con cuerpo atlético, inteligente y que provenga de una familia adinerada. Sin embargo, el color de la piel o los ojos, por ejemplo, no está relacionado de ninguna manera con la calidad de ser humano o la capacidad de establecer una buena relación.

Pueden ser solo "antojos" e incluirlos en la lista de "tan chévere si…", pero no los debes tener en la lista de características esenciales, ni tan siquiera en la lista de características importantes que determinarán si la persona es escogida o no.

Sí puedes tener una lista de atractivos. Los atractivos son aquellas características que te atraen de una persona, como la manera en que te mira, el tono de su voz, la ropa que viste o el perfume que usa. La lista de atractivos puede ser interminable, dependiendo de tus gustos y tus experiencias. Es importante que puedas identificar qué te atrae de inmediato de la gente. Haz un listado de personas hacia las cuales te has sentido atraída o atraído.

Recuerda y anota qué te llamó la atención y cuáles fueron tus primeras impresiones. Si analizas los atractivos que tiene cada una de ellas podrás encontrar elementos comunes que van delineando las características que a ti te llaman más la atención al fijarte en las personas.

La apariencia física y la atracción que sientes no garantizan la felicidad de una pareja, aunque tampoco se debe pensar que puede afectar negativamente la relación.

Analiza si lo que más te atrae de las personas es lo que observas, escuchas, hueles, o palpas. Para poder hacer esas distinciones primero debes conocer bien las características que a ti personalmente te atraen de posibles candidatos. Mientras más clara o claro estés sobre tus gustos, mejor puedes evaluar y manejarte cuando resulte que lo que te atrae del candidato o candidata no es lo que te conviene, o cuando sí te atrae pero no amas.

Capítulo 4

Rasgos de personalidad en el o la pretendiente

De todos los atributos que puede tener una persona, su personalidad
es uno de los que más influye en el éxito de una relación. Es
importante, entonces, aprender a identificar cuál es la personalidad
del candidato.

*La personalidad es el conjunto de características o rasgos de la
persona que se mantiene estable y definirá cómo se comportará y
cómo reaccionará en las diversas situaciones a las cuales se expone.*

Una conducta aislada no se considera un rasgo de personalidad.
Los rasgos son aquellas conductas que forman parte de patrones de
comportamiento. Si alguien repite consistentemente una conducta
o tiene una misma actitud ante diferentes situaciones, es probable
que esté mostrando un rasgo de su personalidad.

Es importante que conozcas cómo se relaciona la persona con
el resto de la gente, los objetos y consigo misma y no solamente
cómo es cuando está contigo, ya que podría estar actuando
o comportándose de una manera particular con el fin de

conquistarte. Una vez te conquiste esa conducta, si no es parte de su forma típica de ser, va a desaparecer.

La persona puede ser cariñosa contigo para conquistarte y luego, en la relación, tornarse seca y distante. Es frecuente escuchar que una persona describe a su pareja sobre la base del trato que recibe de ella. Una descripción podría ser: "Es atenta, cariñosa y me hace sentir bien".

Si se le pide que describa sus rasgos de personalidad, la persona tiende a responder: "Es atenta y cariñosa". Pero que la persona sea así contigo no quiere decir necesariamente que esos son rasgos de su personalidad. Puede ser que esté actuando de manera atenta y cariñosa mientras está intentando conquistarte, pero no es así generalmente.

Es común que las personas puedan hablar de cómo es su pareja cuando está a su lado, pero desconozcan cómo es en términos generales. Si desconoces las costumbres, intereses y hábitos de tu pareja, en realidad no la conoces. Si son parte de su personalidad, encontrarás que es así contigo y con los demás. Por otro lado, si encuentras que es violenta con los demás, pero no contigo, descubrirás al cabo de un tiempo que sí es violenta contigo también.

Las características y patrones de personalidad son difíciles de cambiar. Solo se pueden transformar si la persona misma desea el cambio y si se esfuerza mucho por lograrlo. El compromiso de una relación no es suficiente para que una persona cambie un patrón de personalidad.

En muchas de las relaciones que terminan a causa de incompatibilidad de carácteres, se descubre que esas mismas diferencias estaban presentes desde los primeros encuentros de la pareja. Sin embargo, se continuó con la relación porque existía la esperanza de que las incompatibilidades desaparecieran con el tiempo y con el amor.

La frase "eso cambiará cuando estemos juntos" es una de las promesas menos cumplidas en las parejas. Debes ponderar también si estás dispuesta a tolerar los rasgos negativos de la persona o las incompatibilidades por el resto de tu vida. No obstante, puedes estar segura de que las características de personalidad que identifiques como positivas desde el principio permanecerán a través del tiempo.

Hay conductas que son hábitos y realmente no son rasgos. Los hábitos se parecen a rasgos porque son conductas que se repiten y se llevan a cabo de una manera automática. Sin embargo, muchas veces los hábitos son parte de rasgos.

Tomemos el ejemplo de llegar tarde a citas. Puede ser que el rasgo de personalidad sea que la persona es irresponsable, desorganizada, o tan complaciente que no puede cumplir a tiempo con todo. Cambiar un rasgo de personalidad es muy cuesta arriba; cambiar los hábitos es más viable, aunque resulte ser trabajoso.

Los hábitos se aprenden y se mantienen por los elementos que los provocan y por las consecuencias. Si quieres eliminar un hábito puedes identificar los elementos que lo provocan, evitar esos elementos y retirarle las consecuencias positivas o añadir consecuencias negativas.

Una persona con el hábito de tirar la ropa al piso puede cambiarlo si: 1) le presentan una canasta de ropa para echarla 2) se le asegura que toda ropa en el piso se queda sin limpiar o posiblemente se echa en un zafacón.

Para una persona inteligente con ese hábito y normalmente organizada, con proveerle la canasta de ropa es suficiente. Para una persona que es desordenada la canasta de ropa no cambiará su hábito. Quizás el encontrarse con muy poca ropa al cabo de un mes de no usar la canasta para echar la ropa, o no tener ropa limpia, sería más efectivo.

La realidad es que la mayor parte de las veces las personas se tardan en cambiar hábitos y sus parejas se cansan de esperar que cambien. Si el hábito es muy dañino y la motivación de la persona para cambiar es muy baja, puedes considerarlo como un criterio para descartar esa potencial pareja.

Los rasgos de personalidad son las características relacionadas a la conducta que debes identificar y evaluar lo mejor que puedas. Si una persona se describe como generosa, pero no exhibe una conducta de generosidad, es posible que en realidad solo desee ser generosa o impresionar como tal.

Es necesario que hagas tu propia evaluación de su personalidad y no le atribuyas conductas que en realidad no exhibe. No te dejes llevar solo por lo que te diga ni dejes para después el proceso de conocer quién es en realidad la persona que está a tu lado.

La lista de rasgos es interminable, pero si ya has podido identificar los que tú tiendes a enfocar, puedes determinar aquellos que son más relevantes en la relación de pareja, como la sociabilidad, responsabilidad, honestidad, integridad, consideración por los demás, disciplina, agresividad, pasividad, iniciativa y empatía.

A continuación, vamos a definir algunos rasgos para que puedas utilizarlos como base para evaluar cuán adecuado es tu pretendiente.

Inteligencia

La inteligencia no es una característica que garantiza el éxito de una relación de pareja.

Lamentablemente, existen prejuicios en favor de las personas inteligentes y en contra de la gente con un nivel de inteligencia bajo. No solo se discrimina, sino que también se crean expectativas tomando como base la inteligencia de las personas.

Existen personas sumamente inteligentes que no necesariamente obtienen éxito en su profesión o en sus asuntos personales.

Una persona brillante, por ejemplo, puede ser tan desorganizada que no pueda establecer una rutina o realizar tareas cotidianas como el pago de las cuentas. La inteligencia no es una capacidad equitativa y no se manifiesta igual en todas las áreas de funcionamiento.

Una persona puede ser brillante en las ciencias, pero puede tener un conocimiento limitado en áreas como literatura y arte. Por otro lado, debes entender que un nivel de inteligencia muy bajo afecta la relación que se establece con la pareja. Las deficiencias marcadas en la inteligencia limitan la capacidad de una persona para resolver problemas, entender situaciones sociales y hacer planes para el futuro.

Si la persona que te atrae tiene este tipo de deficiencia, debes entender que te corresponderá tomar una posición de liderazgo cuando surjan esas situaciones. La diferencia en capacidad intelectual solo será un factor negativo en la relación si un miembro de la pareja lo resiente o se avergüenza.

La competencia entre la pareja para ver quién tiene más destrezas y logros personales resulta muy dañina para la relación. Esta competencia surge cuando se piensa que una pareja son dos individuos juntos, en lugar de una entidad con vida propia.

Si en realidad se piensa que la relación de pareja es beneficiosa, no debe existir competencia. Lo más saludable es mantener una actitud de cooperación en la que se aprovechen las aptitudes y logros de ambas personas.

Edad

La edad es otro de los criterios comúnmente utilizados al momento de escoger pareja. En realidad, no existe edad mínima ni máxima para emparejarse. La edad cronológica no determina la madurez ni la capacidad de una persona para establecer una relación saludable.

No obstante, es necesario entender que el ser humano se desarrolla por etapas y que existen unas conductas o preocupaciones que son típicas de una etapa específica del desarrollo.

La preocupación por la muerte, por ejemplo, generalmente es significativa de los 40 años en adelante, ya que a partir de esa edad comienza a sentirse la muerte más cerca que nunca. Es muy posible que la persona que está lidiando con su temor por la muerte no encuentre esa misma preocupación en su pareja más joven.

Se pueden nombrar otros asuntos de edad que se deben tomar en consideración, pero no se deben ver como factores negativos o determinantes para no envolverse en una relación. Es importante entender que la edad de una persona, así como la diferencia entre su edad y la tuya, no determinará el éxito en una relación.

Existen relaciones de pareja muy satisfactorias entre personas que tienen 12 años o más de diferencia, mientras que parejas con edades similares han fracasado en su relación. No descartes a la persona por el simple hecho de ser mayor o menor que tú.

Es posible que se te acerque una persona con una edad marcadamente distinta a la tuya, y no te agrade su forma de ser, intereses o hábitos, que pueden estar o no relacionados a su edad. Si es así, esa persona no es para ti. Si en cambio te agrada su forma de ser, que muy bien puede estar relacionada a su edad y experiencia, entonces sus años no debe ser un factor determinante para relacionarte con ella.

Por lo general, la opinión del resto de la gente será negativa si eres mujer y tu pareja es mucho menor que tú. Esa actitud es parte de los prejuicios que existen en contra de la mujer, a quien siempre sitúan en un rol de mayor dependencia o menor poder y madurez dentro de la relación.

Si eres mujer, es posible que hayas internalizado alguna de esas ideas y te sientas incomoda si eres mayor o tienes más madurez que tu pareja. ¿Alguna vez te has preguntado por qué la otra persona tiene que ser la más madura y no puedes serlo tú?

También es necesario recordar que la edad no implica el grado de madurez. Hay personas de 60 años que son muy inmaduras y personas de 20 años que, por el contrario, exhiben mucha madurez. La falta o excesiva experiencia no determina la sabiduría ni la capacidad para desenvolverse en una relación de pareja.

Independientemente de la edad, es importante que identifiques cuán independiente es tu pareja. Una de las etapas del desarrollo humano que tiene mayor impacto en la relación de pareja es la de independizarse de su familia de origen. Porque muchas de las problemáticas que surgen en la pareja están asociadas a la relación con sus padres.

Es necesario conocer cuánto podrían influir los padres de tu pareja, y los tuyos propios, en el proceso de tomar decisiones, establecer prioridades, compartir en privado y solucionar problemas.

La participación de los padres puede ser positiva siempre que no interrumpa el desarrollo de la relación de pareja o que uno de los miembros se oponga a su participación. Cuando los miembros de la pareja provienen de culturas distintas, donde el rol de la familia de origen es diferente, pueden surgir diferencias serias en cuanto a la participación de los padres.

En algunas culturas los padres continuan tomando decisiones importantes por sus hijos casados y eso se ve con buenos ojos. En otras culturas la participación de los suegros y padres se interpreta como immadurez en los hijos.

También surgen diferencias serias cuando cada miembro de la pareja tiene grados distintos de independencia de sus respectivos padres o desconoce el grado de dependencia de cada uno.

La mujer que decide decorar su casa y luego descubre que su esposo se deja llevar por la opinión de la madre, podría sentirse frustrada al tener que convencer primero a su suegra y luego a su marido acerca de cómo ella desea hacer la decoración.

También surgen problemas cuando la mujer se da cuenta de que sus suegros se enteran primero que ella de las decisiones importantes que tomará su pareja. Otro ejemplo es el joven que acepta un mejor empleo en un país extranjero pensando que su pareja se alegrará, pero más tarde se entera de que ella no está dispuesta a irse a vivir lejos de sus padres.

Por lo general, la persona que reside con sus padres en su etapa adulta todavía no se ha independizado totalmente. Es posible, sin embargo, que pueda tomar decisiones propias y tenga iniciativa para resolver problemas. Es necesario que evalúes el grado de independencia que tiene la persona que te interesa antes de iniciar una relación de pareja. Si te sientes cómoda con la participación que tu pareja le permite a sus padres, no se te hará difícil establecer la relación.

Sin embargo, es posible que desees que tu pareja sea más independiente en algunas áreas, que sí se podrían modificar. Esas transformaciones requerirán un esfuerzo gradual, pero persistente, y no deben implicar cambios grandes en la persona.

Además, es más adecuado que visualices los cambios deseados como una meta a largo plazo. Si lo estableces desde un principio como condición de la relación, entonces deberás ser muy consistente y firme en cuanto a tu posición.

Responsabilidad

La capacidad de ser responsable es esencial para que una relación de pareja sea saludable y duradera. Cuando en la ceremonia matrimonial se incluye la cláusula "en las buenas y en las malas", y se firma el contrato legal del matrimonio, se establece un compromiso.

La responsabilidad como elemento en una relación implica que cumplirás con el compromiso que haces cuando lo desees y cuando no. Eso de casarte para ver cómo te va, y si no te va bien divorciarte, es una actitud que, además de rayar en frívola, es contraria a lo que es ser responsable.

Ser responsable tampoco es tener espíritu de sacrificio que implique que aunque no se encuentre una solución a los problemas que surjan permanecerás sufriendo en una relación sin esperanza. Ser responsable es hacer lo que puedas por estar bien, aunque no tengas deseos de hacerlo. Implica esforzarte y ponerle empeño al asunto, pese a que no sientas placer inmediato al hacerlo.

Ser responsable es también tener la capacidad de mantener el compromiso de fidelidad, aunque surja la tentación. Cuando te comprometes con alguien no es porque esa persona es la más bella, inteligente, rica o la mejor. Es porque es la que *tú* has escogido. Es la persona con la que te comprometes a trabajar para establecer una relación positiva y amorosa que tenga como fruto una convivencia feliz, una familia y el logro de metas y proyectos deseados por ambos.

Ese compromiso implica que en momentos en que se te acerque alguien más atractivo o con una oferta de vida que sea interesante, tú te mantendrás fiel al compromiso que ya hiciste. Quizás, cuando inicialmente comparas la relación actual y la que te están ofreciendo, la persona nueva resulte ser mejor y la lógica te dirá que dejes a tu pareja y te vayas con la persona nueva. Sin embargo, es importante que entiendas que la fidelidad no es con la persona.

La fidelidad es con el compromiso, con la palabra que diste y contigo. Eso es ser responsable. Lo contrario implica dejarte llevar por el gusto y por cómo te sientes en el momento. De esa manera las relaciones que establezcas solo te durarán algún tiempo breve y tendrás mucha dificultad en lograr metas que tomen mucho tiempo alcanzarse.

Las relaciones de pareja implican un crecimiento gradual del nivel de intimidad. Dentro de ese proceso te encontrarás con las destrezas y cualidades positivas de tu pareja, pero también con sus defectos. Nadie es perfecto. Cuando esos defectos ocasionen situaciones incómodas, será necesario que ambas personas hagan un esfuerzo conjunto para mejorarlas. Este esfuerzo es trabajoso y requiere de una comunicación clara y de tener la determinación de mantener el compromiso establecido en la relación. Esta capacidad de mantenerse comprometido, aunque haya incomodidad, evitará que pienses en seperarte como la opción más atractiva dar por terminada la relación.

De igual manera, la responsabilidad es importante para cumplir con los compromisos económicos que conlleva convivir. Una persona irresponsable te arruinará económicamente a menos que te eches la carga tú sola o solo.

No pagar a tiempo o no limitarse cuando los recursos están menguados es típico de una persona irresponsable. Por el contrario, ser puntual con las citas es señal de responsabilidad, ya que para que puedas contar con la persona, tiene que cumplir con el compromiso que hizo contigo de estar en un sitio particular a una fecha u hora específica.

Por otro lado, una persona responsable es la que acuerda una cita con su pareja y la cumple, aunque los amigos la inviten a un "pub" o a una barra a darse unos tragos. Si esa persona quiere cambiar los planes debe comunicarse con su pareja y llegar a un acuerdo. Llamar e informar sin negociar es ser irresponsable.

La falta de responsabilidad trae muchos problemas en la relación de pareja. Cuando surgen problemas causados por la irresponsabilidad de uno de los miembros de la pareja, la otra persona se cansa de llevar la carga de los compromisos y se resiente al punto de dejar de amar.

La persona irresponsable no cambia a menos que su irresponsabilidad le traiga problemas serios y busque ayuda para aprender lo que no le enseñaron de pequeño sus padres. Cuando mantiene una relación tiende a no cambiar a menos que su pareja sea muy fuerte y estricta y lo críe de nuevo. En mi experiencia, antes de que eso ocurra, la pareja se cansa y decide divorciarse.

Honestidad

Ser honesto es no mentir. No mentirle a los demás y no mentirse a uno mismo. Las personas mienten porque no tienen las fortalezas para enfrentar las consecuencias negativas de sus defectos y errores. Evaden el malestar y la incomodidad mintiendo o proyectando otra realidad.

Hay diferentes grados de honestidad. La mayoría de las personas mienten de vez en cuando. Utilizan "mentiritas" o "mentiras piadosas o blancas" para evitar el conflicto o disgusto de la otra persona.

Una relación de pareja se afecta de manera muy negativa por la falta de honestidad. Cuando tú te unes a alguien, empiezas un proceso de acercarte a esa persona a todos los niveles. Debes sentirte confiado o confiada de que no es necesario fiscalizar a tu pareja en cada paso que da ni tener que cuestionar todo lo que te diga o haga.

Esta confianza está basada en que la persona no te va a esconder información importante, al margen de lo negativa o fea que sea.

Para que no surja la mentira, tiene que haber la madurez o fortaleza emocional para tolerar el coraje y el disgusto que trae la verdad. Eso se aprende de pequeño cuando los padres confrontan a los hijos con sus mentiras y sus contradicciones.

El castigo por los errores no debe ser severo ni injusto, y tampoco el retiro de amor debe ser la consecuencia inmediata a la admisión de un defecto. No obstante, debe haber un compromiso de corregir la acción o conducta problemática para que la persona aprenda a ser honesta y responsable con sus faltas.

Para que tu pareja no te mienta tampoco tú puedes ser una persona demasiado exigente y rígida que no toleres ningún grado de imperfección o falla. Menos debes reaccionar de manera histérica a la confesión de algo negativo porque, por más honesta que sea la persona, comenzará a evadir la intimidad que pudiera dejar ver sus defectos.

No quieras ser tan protectora o protector de tu propio bienestar que intimides a tu pareja y la estimules a ser reservada y evasiva.

Integridad

La Integridad es una mezcla de consistencia y orgullo propio. La persona íntegra es una persona de palabra, que se enorgullece de su conducta. Es una persona que no ofrece si sabe que no va a cumplir, que se esfuerza por dar lo mejor, que no te dice "te amo" sin sentirlo con tal de seducirte.

La persona íntegra se avergüenza de ser falsa y de hacer daño a los demás. Reflexiona y se autoevalúa para corregir sus defectos. No te traiciona y se sacrifica con tal de no quedar mal contigo. La persona íntegra te será fiel, no por evitar las consecuencias negativas de ser descubierta en su infidelidad, sino porque se siente orgullosa de ser una persona fiel a su palabra y a sus compromisos.

Esa persona te será fiel porque no se lo perdonaría a sí misma y la conciencia no le permitiría mirarte a los ojos si te engañara.

Observa y escucha bien a tu candidato. ¿Se enorgullece de cómo se safa del escrutinio de su conducta? ¿Se enorgullece de lo que obtiene sin importarle cómo lo obtiene? ¿Habla acerca de cómo logra engañar y manipular a otros? ¿Prefiere dar la impresión de *sanano* y menos listo, pero tener su conciencia tranquila? Si es así, no es una persona con integridad.

Disciplina

No te estoy hablando de la disciplina militar. La disciplina es una serie de fortalezas y conductas que representan tener control sobre tu conducta. Piensa en que te montas al volante de tu automóvil y tus pies son los que controlan el pedal de la gasolina y del freno.

Tu vehículo te lleva donde tú quieres y no adonde otros quieran. La disciplina comienza por la que nos imponen nuestros padres o madres en la crianza. Es la ejecución de la estructura y el orden que permite la salud y la convivencia en familia.

Te la imponen de niña o niño tantas veces que la internalizas. Internalizas un sentido de orden y las fortalezas para detenerte y frenarte cuando sea necesario, así como la fortaleza para moverte y actuar cuando surja la necesidad de hacerlo.

Claro está, los "buenos" hábitos minimizan el esfuerzo disciplinado, ya que te evitan problemas y, por lo tanto, lo que tendrías que hacer para mantener el orden, te sale en piloto automático. Por ejemplo, te levantas en la mañana y nadie tiene que pedirte y rogarte que te asees y enjuagues la boca antes de desayunar. Nadie tiene que pelear contigo para que te bañes y, mucho menos, tienen que pelear contigo para que controles tus corajes.

En la medida en que una relación lleva a la convivencia y al compartir en situaciones sociales con otros, el grado de disciplina de tu pareja es importante. Si tu pareja es disciplinada, es posible que no sepa utilizar ciertos utensilios en la mesa de una cena.

Sin embargo, al proveerle la orientación sobre cuál utilizar y cuándo, los estará utilizándo sin mayor problema. Si, por el contrario, tu pareja no es disciplinada cuando le hagas un señalamiento, su primera reacción va a ser un reclamo a su derecho de comer como le dé la gana. Luego accederá por complacerte, para que no la molestes más. Finalmente, te rendirás y lo darás por incorregible porque a veces lo hace y otras no.

Evalúa cuán disciplinado es tu candidato a pareja. Observa si se rebela contra las estructuras sencillas que demandan orden. Por ejemplo, si se queja de horas establecidas para llegar a lugares o compromisos. Cuando la persona no es disciplinada y no cumple con algo, ¿le echa la culpa a otros o asume que tiene que mejorar? O te dice, por ejemplo: "No sé por qué me pelean tanto por entregar el trabajo, si total qué más da un día que otro...".

Mientras más indisciplinado sea más dificultades tendrá en compartir actividades diarias. Si tú eres una persona disciplinada no puedes compensar por su indisciplina, porque tarde o temprano te cansarás y la o lo dejarás. Si eres más disciplinada o displinado que ella o él, y cuando le sugieres o señalas que puede mejorar reacciona lento pero de manera positiva, puedes confiar en que no va a ser un problema mayor.

Él o ella no tiene que ser tan disciplinado como tú, si eres muy disciplinada o disciplinado. Si tú eres **demasiado** disciplinada o disciplinado, tendrás un gran problema. Lo importante es que los dos puedan ir progresando en esta área a un ritmo razonable. Ni muy rápido ni muy lento.

Empatía

La empatía es la capacidad de entender cómo se siente y vive la otra persona. Es la capacidad de ponerte en los zapatos de la otra persona e imaginarse cómo se siente y qué vive. Eso no quiere decir que tú pienses y sientas lo mismo.

La empatía es la capacidad de fijarte y registrar el sufrimiento de la otra persona. Es el poder entender lo que la otra persona vive, aunque sea totalmente diferente a lo tú sentirías o vivirías. Requiere que seas sensible y que puedas prestar atención a los demás y no solo a tus propias necesidades.

Hay personas que no tienen esa capacidad. Un ejemplo extremo es el del psicópata que no siente ni se afecta al infligir dolor físico a otra persona. Incluso, puede matar a una persona como si estuviera rompiendo una silla u otra pieza de mueblería.

La empatía cobra una gran importancia especialmente en la medida que la relación incluya intimidad, porque al exponerte ante tu pareja, te haces emocionalmente vulnerable. Si tu pareja es incapaz de percibir tu vulnerabilidad ni es capaz de entender lo que tú estás viviendo, puede herirte, ofenderte y lastimarte sin darse cuenta.

La falta de empatía indica que la persona puede ver y registrar su dolor, pero es incapaz de ver el tuyo. Peor aún, cuando tú le reclamas su falta de sensibilidad te creerá exagerada o exagerado. No es recomendable que hagas lo mismo tú, ya que te acusará de ser insensible y poco amorosa o amoroso.

Consideración por los demás

Ser considerado es tener la capacidad de hacer cosas para que otra persona se sienta bien. Tomar en consideración las necesidades de otras personas requiere un grado de madurez en que la persona puede percibir la realidad de otros, no ser egoísta y esperar para satisfacer sus necesidades en beneficio de las tuyas.

Hay consideraciones que son básicas y otras que son más simples y "pequeñas". Al sumarlas tienen un impacto en la calidad de la relación de pareja. Tomemos los siguientes ejemplos:

A Pedro le gusta ir al cine a ver las películas de acción y odia las de romance. Cuando invita al cine a su novia él ya ha escogido la película que van a ver, el cine y la hora. Al principio a Sara, su novia, no le molestaba que él siempre escogiera, pero al cabo de un tiempo ya no lo interpretaba como un reflejo de la capacidad de Pedro para tener iniciativa en la relación, sino como una falta de consideración hacia ella. Cuando lo confrontó con su egoísmo, él prometió complacerla. Sin embargo, después nunca podía ir al cine los días y las horas en que exhibían las películas que a ella le gustaban.

A Marcos le encanta lo atenta que es su novia cuando él se enferma. Ella le cuece sopas especiales,

*le consigue sus medicamentos, le da sobitos con
crema medicada y lo mima de manera especial.
Ella, a cambio, resiente que cuando ella se enferma
él no la visita, supuestamente porque no la quiere
importunar. Más aún, cuando ella le pide que
la acompañe al médico, él se resiste y alega que
realmente no tiene nada que hacer en esa visita
porque ni es médico ni enfermera.*

*Cuando Jorge llegaba a restaurantes de comida
rápida con su esposa e hijos acostumbraba a sentarse
en alguna mesa para reservar los asientos. Su esposa
hacía la fila para pedir y pagar los alimentos con
sus dos hijos. Pero al momento de ir a la mesa para
sentarse, ella se daba cuenta de que aunque él la
observaba no hacía el sencillo gesto de ponerse de
pie para que ella lo pudiera encontrar rapidito.
Jorge siempre repetía ese tipo de actitud con su
esposa. Cuando ella le pidió el divorcio, él aceptó
que era desconsiderado y prometió que cambiaría.
Sin embargo, ella no le quiso dar otra oportunidad,
porque estaba muy resentida de su conducta.*

La consideración por los demás se aprende desde pequeño en el hogar. Algunas maneras que los padres enseñan a los hijos a ser considerados es cuando obligan a los niños a compartir juguetes o a esperar su turno en lo que atienden a sus hermanitos.

En el cine les enseñan a no hacer ruidos para que los demás puedan disfrutar de la película. Es en los momentos simples del diario vivir, y que implican adaptarse porque hay otros que también tienen derecho y deben ser considerados, cuando se aprende a tener consideración por los demás.

Cuando la persona insiste en ser el primero, sin importar que se desatienda a otros y no se le corrige a tiempo, tendrá problemas a la hora de socializar.

En los comienzos de la relación de pareja la falta de consideración no se nota tanto porque se quiere complacer a la otra persona. Se está muy enamorado o enamorada y muchas veces no se percibe que el otro u otra no te está complaciendo a ti.

Con el pasar del tiempo la relación se va desarrollando y ese patrón de ser desconsiderado o desconsiderada se hace más evidente. Aunque son detalles e incidentes de poca envergadura, este patrón produce mucho resentimiento porque implica injusticia y un trato desigual. Entonces, te preguntas ¿por qué, si tú me quieres tanto como yo a ti, no puedes complacerme como yo te complazco?, ¿por qué no me puedes considerar como yo a ti?, ¿por qué no me preguntas mi opinión o qué deseo antes de decidir dónde vamos a cenar?

Al principio, puede suceder que lo que se ordena para comer en la cena es irrelevante, porque lo principal es estar con la persona amada. Una vez establecida la relación, lo que se ordena o dónde se come sí es importante, porque tú tienes claras tus preferencias y decidir lo que comes es parte de lo que haces en tu vida.

Lamentablemente, con el tiempo se van repitiendo incidentes en los cuales sientes la falta de consideración de tu pareja y lo resientes tanto que por esas pequeñeces muchas veces se llega a la ruptura.

Debes evaluar desde un principio cuánto te considera él o ella. Si te pide tu opinión o si te toma en cuenta al tomar decisiones. Debes observar si está pendiente de tu bienestar, por más simple que sea la situación. Mantente alerta de si hace cosas por ti sin consultarte ni incluirte en el proceso de tomar decisiones sobre lo que te afecta.

Por ejemplo, la sorpresa de una decisión de viajar a un lugar exótico y fabuloso como regalo, sin que te haya preguntado si te interesa el lugar, si puedes hacer arreglos en tu trabajo o si es conveniente para ti. No hacerte esas preguntas te coloca en una situación incomodísima, porque si lo rechazas eres malagradecida y si lo aceptas te trae complicaciones e incomodidades que a él no.

Si observas que él no está siendo considerado contigo, háblalo con él. Cuando lo confrontes, observa bien su reacción. Si te pide disculpas y ves que hace el esfuerzo por no repetir el error, tiene potencial. Muchas personas ignoran o no aprendieron a ser considerados en su relación con otras personas.

Pero cuando se les orienta, lo toman en consideración y cambian su conducta. Si no ves ese cambio es que ser considerado no es parte de su personalidad. Créeme que por más guapo y adinerado que sea te vas a cansar de él o vas a ser infeliz si la persona es desconsiderada.

Pasividad/Iniciativa

Una queja muy frecuente de las personas es la pasividad y falta de iniciativa de su pareja. La queja típica es que la pareja no tiene ambiciones y se conforma con muy poco, no muestran iniciativa a la hora de resolver problemas o de tomar decisiones, desde las más sencillas hasta las más importantes.

Luego del período inicial de enamoramiento observan que su pareja prefiere esperar a que ellas o ellos decidan. Observan, además, un patrón de procrastinar y evadir la resolución de situaciones que luego se complican por su inacción. Son tan pasivos que tampoco hacen nada malo. Simplemente cada vez hacen menos y menos. Esto se resiente tanto que termina siendo una razón para la ruptura.

Sociabilidad

El ser humano se relaciona con su pareja, familia y amistades. Cuando la pareja tiene dificultad para socializar tiende a retraerse de toda actividad en la que tenga que interactuar con personas que no son de su entera confianza. Eso implica que no te acompañará a esas actividades que tú disfrutas y que son parte de un balance saludable.

Si te acompaña, es posible que lo haga con una actitud tan negativa que no te permita disfrutar. La tendencia de tu pareja será a evadir, por diferentes razones, todas esas invitaciones y tú tenderás a complacerlo para evitar la incomodidad de él y la tuya cuando lo obligas a acompañarte.

El resultado es que al cabo de un tiempo estarás aislada de tu familia y de tus amistades. Cuando eso sea intolerable para ti empezarás a asistir a las actividades sin su compañía, a pesar de que todos esperan que llegues con tu pareja. ¿Adivina cómo te vas a sentir? Sola.

Tampoco te agradará compartir a escondidas con las personas que quieres mucho para que él no te presione ni se moleste. Por más que tú ames a alguien, ese amor no puede sustituir las relaciones que tienes con tu familia y amistades.

Tu pareja debe tener la capacidad de interactuar con personas que son de tu confianza y agrado y debe poder establecer su propia relación con ellos. No es necesario que las quiera tanto como tú, pero sí es importante que si llaman a tu casa para procurarte él pueda saludarlos y conversar sin tirantez.

Es importante que él o ella pueda socializar en momentos en que tú no estés a su lado en alguna actividad. Debe poder iniciar conversación o, por lo menos, envolverse y participar en la conversación que otros inicien.

La conducta social adecuada incluye compartir sin provocar problemas. Hay personas que tienen muy malos hábitos sociales y otras que no tienen modales (ni tan siquiera para sentarse a cenar con otros en una mesa de restaurante).

La conducta problemática puede ser variada. Algunas personas conversan, pero sin escuchar. Acaparan toda la atención y no toleran que otros sean el centro de la actividad. Algunas, al conversar, les gusta hablar de manera despectiva de otros y criticar.

También hay quienes se dedican a vanagloriarse y publicar sus logros y hazañas aunque no sean ciertos o exagerados. Existen quienes quieren dar la impresión de que no solo saben de todo, sino que saben más que los demás, y los que son indiscretos o indiscretas y comparten información íntima y delicada con personas que no son de confianza ni tienen por qué enterarse de esos asuntos.

Cuando estés evaluando a un candidato debes tener presente que sus habilidades o defectos sociales son de suma importancia. No pienses que te conformarás. El hecho de que te ame no es suficiente. Los demás también importan. Si tu candidato es una persona tímida o con poca experiencia, pero esta dispuesto a aprender y a aprovechar las oportunidades que tú le brindas para socializar y dialogar acerca de este rasgo de personalidad, entonces no tendrás un problema mayor.

Esa persona no solo tiene que tener la disposición de aprender, sino que debe poner empeño en hacerlo mejor. Si no es así, debes mantener serias reservas sobre la relación que puedas sostener con él a largo plazo.

Capítulo 5

La Sexualidad

Género

El género, así como las características asociadas a lo masculino y femenino, es otro de los criterios comúnmente utilizados, aunque de forma indirecta, para seleccionar a la pareja.

Existen muchos mitos en cuanto a las características que generalmente se le adjudican al género de la persona. Las conductas típicas asociadas a lo masculino y femenino son cada día son menos exclusivas a cada género.

Por ejemplo, hoy los hombres pueden ser "maternales", atentos a los aspectos estéticos y ser buena fuente de apoyo, sin que esto signifique que no son varoniles. Igualmente, la mujer afirmativa, luchadora, profesional y que no esta interesada en ser madre, no deja ser femenina.

Las características asociadas a un género en particular pueden estar o no presentes en cada individuo. No es necesario que la mujer ni el hombre asuman un rol tradicional para ser buenas parejas.

A veces se piensa que dos personas del mismo sexo serían más compatibles como pareja que dos personas del sexo opuesto. Se dice que entre dos personas del mismo sexo habría más respeto y menos lucha de poder o maltrato verbal, físico o emocional.

También, se señala que en una relación de pareja entre mujeres habría más fidelidad y diálogo. La realidad, sin embargo, es que no se puede generalizar.

Las parejas homosexuales viven conflictos muy similares a los de las parejas heterosexuales.

Los conflictos que surgen en una pareja usualmente están relacionados a la personalidad, experiencias pasadas o destrezas de las personas, no a su predilección sexual.

Si eres lesbiana, no puedes presumir que tu posible pareja tendrá unas características inherentes a tu género. Es necesario que evalúes y disciernas con igual precisión que una mujer heterosexual.

Hay mujeres, por ejemplo, que han sido criadas y socializadas con una mentalidad machista. Sus actitudes posesivas y desiguales, así como su lucha por poder y renuncia a desempeñar ciertas tareas en el hogar, tienden a ser semejantes a las de un hombre machista. Debes ser cautelosa al elegir, porque no contarás con el apoyo social que reciben muchas parejas heterosexuales en sus momentos de crisis.

La orientación sexual no determina la personalidad ni la forma de ser de alguien. En realidad, entre los homosexuales existe la misma variedad de características, formas de ser y problemas emocionales que en el resto de la población.

El comentario "si eres muy selectiva te quedarás sola" se le dice con frecuencia a las mujeres, pero muy especialmente a las lesbianas, porque se considera muy limitado el grupo del cual podrían escoger a su pareja.

Quizás sea cierto que son limitadas las ocasiones sociales en que podrás conocer mujeres lesbianas y que tardarás un poco más en encontrar la persona que deseas, pero perderás más tiempo si escoges la persona equivocada.

Frecuentemente se observa mujeres lesbianas que toleran características negativas, porque piensan que es mejor estar acompañada que estar sola y buscando con quién compartir. La escasez de lugares donde se puede conocer mujeres lesbianas u hombres homosexuales, así como su estatus de grupo minoritario y oprimido, abonan al sentimiento de desesperanza.

Las consideraciones señaladas en cuanto a características, criterios y procesos de evaluación son aplicables tanto a parejas homosexuales como a heterosexuales. Los conflictos que distinguen a la pareja homosexual de la heterosexual están principalmente asociados a la manera en que la pareja compuesta por personas de un mismo sexo trabaja el rechazo social y la homofonía que ellos mismos han internalizado.

Las diferencias que puedan existir en cuanto a la aceptación de su homosexualidad tendrán un impacto significativo en la pareja. En la relación podrían surgir conflictos si una persona ha logrado superar el miedo a que descubran que es homosexual y les ha informado su preferencia sexual a los padres, pero, su pareja continúa proyectando como heterosexual y mantiene una imagen de persona no comprometida emocionalmente.

Existen pocas parejas homosexuales cuyos miembros presentan el mismo grado de apertura ante la gente en cuanto a su preferencia sexual. Estas diferencias impactarán a la pareja homosexual dependiendo del grado de tolerancia que tenga la persona que ya está más fuera del "closet".

En la pareja heterosexual las diferencias entre el hombre y una mujer son muchísimas. Oirás que todos los hombres son iguales, que todos tienen los mismos defectos. De igual manera, los hombres piensan que las mujeres están todas cortadas por la misma tijera.

Lo cierto es que a la hora de la relación de pareja la mayoría de las personas parten de la premisa de que la otra persona pensará y sentirá igual que ellos. "Ladrón juzga por su condición" aplica muchísimo en la relación de pareja.

Muchos conflictos tienen como base la presunción de saber por qué la otra persona hace o dice lo que hace. Esta presunción es muchas veces totalmente equivocada, porque las diferencias son tantas que lo que parece ser obvio para ti no es realmente lo que ocurre en la mente de tu pareja.

Es de tal magnitud el abismo entre la percepción de la realidad del hombre y la percepción de la mujer, que la mayoría de los hombres piensan que las mujeres están todas chifladas y enfermas de la mente y las mujeres piensan que los hombres son muy poco inteligentes y unos vagos u holgazanes.

No juzgues a un varón de acuerdo con como tú vives las experiencias desde la perspectiva de mujer o no juzgues a una mujer desde la perspectiva de varón. No entres en la relación con prejuicios. Busca conocer a la persona desde su propia perspectiva y no desde la tuya.

La atracción física es un elemento esencial en la consideración de un candidato. La intimidad sexual es lo que distingue la relación de pareja de las demás relaciones. Si no hay la intimidad sexual en la relación de pareja no es una relación de pareja.

Por otro lado, sentir atracción física por alguien no necesariamente implica que en el sexo serán compatibles y podrán disfrutar a plenitud como pareja. No puedes presumir que, si todo lo demás anda bien, también serán felices en la intimidad sexual.

El que exista una atracción física intensa y compartida no significa que al momento de la vivencia sexual sean compatibles. La incompatibilidad sexual es una de las razones más frecuentes para la ruptura de la relación de pareja. En muchos casos cuando las parejas comienzan la relación, sienten mucha pasión y tienen encuentros sexuales frecuentes. Lo describen como una etapa de luna de miel.

Cuando surgen problemas y conflictos esa intimidad sexual se ve afectada y disminuye la pasión y la frecuencia de la actividad. Otras parejas encuentran que, aunque son compatibles en muchas áreas, no lo son en la intimidad sexual bien sea por diferencias en cuanto a la frecuencia (uno desea más frecuencia que el otro) o por la manera de desenvolverse sexualmente.

Por ejemplo, a un miembro de la pareja le interesa utilizar juguetes sexuales y al otro no. La relación sufre, se vuelve tensa y pocas veces se logra salvar cuando dicha incompatibilidad no se puede superar.

En todas las áreas de interacción humana siempre encontraremos extremos, incluyendo la sexualidad. Hay personas que pretenden vivir la vida sin involucrarse en una relación sexual. Hay otros que piensan que la relación sexual es lo más importante y desean tener relaciones con una gran frecuencia, mayor de lo que su pareja desea.

Esta discrepancia crea un desbalance en el diario vivir. Hay personas que por traumas sexuales no quieren compartir sexualmente y hay otros que son adictos al sexo. Ninguno de los dos puede sostener una relación de pareja saludable hasta que superen sus conflictos internos.

Tampoco vayas a creer que con tu amor y tu paciencia vas a poder sanar esos conflictos. Sólo un tratamiento intensivo y consistente logrará, con el tiempo, sanar las heridas que no permiten que estas personas disfruten su sexualidad dentro de parámetros saludables.

Lo "normal" en la sexualidad es bien relativo. El término normal se refiere a lo que es común y frecuente en la sociedad. El término "saludable" también es controversial, porque las diversas culturas promueven mitos e ideas particulares que asociación con salud y ausencia de enfermedad.

Muchas personas piensan que la eyaculación precoz se refiere a cuando el hombre eyacula antes de que su pareja alcance un orgasmo. De la misma manera, si una mujer se toma mucho tiempo en experimentar un orgasmo la etiquetan de "frígida".

En ambos ejemplos el problema es la estimulación sexual que recibe de su pareja y el grado de comodidad y aceptación con su sexualidad. El inconveniente en estos casos no es físico, sino de actitudes. Una mayor compatibilidad y acoplamiento entre los dos permite que ambos puedan experimentar satisfacción sexual.

Las principales quejas de las parejas con respecto a la intimidad sexual tienen que ver con las actitudes y no con el elemento físico, como las posiciones y técnicas sexuales.

Las actitudes con respecto al sexo son producto de una mezcla entre la personalidad y los mitos e ideas equivocadas que tiene la persona sobre el sexo. Las personas que son rígidas, conservadoras, punitivas y enjuiciadoras, tienden a tener dificultades como parejas sexuales porque no intentan algo nuevo, se avergüenzan, son ansiosos, tienen miedo al fracaso o son egoístas.

Las personas muy dadas al erotismo y la vida sin moderación tampoco son buenas parejas en la cama. El primer tipo es muy limitado y restringido como para ser creativo y disfrutar a plenitud la intimidad sexual. El segundo, convierte el sexo en un abuso que desarticula las demás áreas necesarias para sostener una vida saludable. Siempre quiere más y continúa explorando algo nuevo sin tener en cuenta las implicaciones y los intereses de su pareja.

La compatibilidad sexual implica que ambos miembros de la pareja se sientan cómodos y puedan complacerse mutuamente. No quiere decir que tengan que llevar una vida sexual con una frecuencia particular ni con unos juegos sexuales específicos.

Las parejas comúnmente sostienen relaciones sexuales una vez por semana y esa frecuencia es mayor a la que sostienen las personas solteras. Usualmente, el conflicto surge cuando, dejándose llevar por ideas y expectativas de otros, piensan que algo anda mal en su intimidad.

Evaluar la adecuacidad de una persona en el aspecto sexual es un proceso más abarcador que simplemente "acostarte" con él o ella para saber si son afines. La intimidad sexual no se limita ni requiere una experiencia de estimulación genital ni de penetración.

El sexo y la experiencia sensual incluyen todo tipo de acercamiento físico, así como la experiencia orgásmica. Los besos, las caricias, los abrazos son experiencias sexuales y eróticas en la relación de pareja. Puedes ir identificando las actitudes a través de las experiencias que estés dispuesta a vivir con tu pareja y que estén en consonancia con tus valores culturales y religiosos.

Puedes evaluar su compatibilidad contigo al momento de los besos, las caricias, los abrazos y toda actividad erótica que te permitas experimentar. Hay personas que piensan que si disfrutan los besos de su pareja disfrutarán todo lo demás, pero esto no es cierto, ya que con la caricia va envuelta la emoción y el amor, y no la capacidad para acoplarse al otro.

Una sola área usualmente no es suficiente para evaluar lo que son actitudes generales hacia la sexualidad, pero sí puede ser uno de los indicadores. Por ejemplo, la persona puede ser muy cariñosa y te preguntarás si será así en la intimidad sexual.

Puedes evaluar esa área sin tener que llegar a la intimidad sexual con tu pareja. Observa bien cómo las actitudes que te señalo se manifiestan en otros momentos en que interactúen y también compartan con otras personas. Recuerda que las actitudes y rasgos son elementos de la personalidad que se manifiestan en más de un área de la interacción con las personas y tienden a repetirse (no se dan solamente en incidentes aislados).

Las personas tienden a ser consistentes en su conducta. Una persona detallista en sus interacciones, por lo general lo es en la sexualidad. Si inicialmente no lo es, con facilidad aprende a serlo porque esa es su manera de ser. Una persona que en general es desconsiderada, también lo será en la intimidad sexual.

Estoy consciente de que hablar acerca de la sexualidad resulta incómodo para muchas personas. Sin embargo, es importante que lo abordes con la persona que estés considerando. Muchas personas llegan al matrimonio sin nunca haber sostenido este tipo de conversación. Sólo se han atrevido a preguntar si desea tener sexo y cuánto. Ciertamente no es un tema adecuado para los primeros encuentros, sino para cuando ya haya mayor confianza entre ustedes.

Puedes comenzar con una oración que le explique lo incómodo que es para ti hablarlo, pero, a la misma vez, lo importante. Por ejemplo: "Quiero explorar contigo un tema que me produce vergüenza, pero me interesa saber cuáles son tus ideas y tus experiencias. No tenemos que hablarlo todo hoy, pero sí quiero conocerte y que conozcas mis opiniones sobre el sexo. Me gustaría saber si para ti hablar sobre el tema es también importante".

Comienza por temas menos difíciles, como los besos y las caricias. Pregúntale cuáles son sus opiniones y experiencias con respecto a la intimidad sexual. No es fácil conversar acerca de este tema, pero es necesario que lo hagas en algún momento antes de comprometerte.

Si la persona no te puede hablar sobre el tema, no te comprometas. Eso sería igual que comprar una casa sin saber si tiene electricidad. Si te dicen que sí, que la casa tiene electricidad, pero nunca ves ni una bombillita prendida, sabes que algo anda mal y lo están ocultando.

No entres en un juego de adivinanzas en el que te digan que tú tienes que descubrir cuáles son sus gustos. Esas sorpresitas, reservadas "para después de que nos casemos", tienden a ser más pesadillas que sueños hechos realidad.

Tampoco es necesario abundar en detalle sobre experiencias pasadas ni tampoco una narración detallada sobre cómo ha sido la satisfacción de parejas anteriores. Sí puedes pedir que te den ejemplos si encuentras que no entiendes lo que te explica o si te produce dudas. Tienes que ser discreta. Buscar la información que necesitas no es un ejercicio de hurgar y querer "ver" todo relacionado a su pasado.

Quejas frecuentes con la sexualidad

Examina los siguientes puntos. Son quejas frecuentes que viven las parejas. Si encuentras que tu candidato no presenta estos problemas, muy probablemente disfrutes el sexo y la intimidad con él.

La prisa

El tiempo promedio del encuentro sexual de las parejas es de unos 10 a 15 minutos. El orgasmo es una experiencia de intenso placer, pero que solo dura unos segundos. Sin embargo, la idea que se tiene sobre la intimidad conyugal es que esa muestra de amor tiene que ser prolongada. Por lo tanto, muchos y muchas se quejan de que su pareja le dedica muy poco tiempo al disfrute sexual.

Si no hay un preámbulo de juegos, caricias y enamoramiento, la experiencia sexual es muy corta en duración. Las mujeres y los hombres con frecuencia se sienten defraudados con su pareja por que no hay juego sexual antes de la penetración. Dedicarle tiempo al enamoramiento y al disfrute de besos y caricias en la intimidad es una de las cosas que se piden frecuentemente cuando se habla de cambios deseados en la relación.

Evalúa a la persona en cuanto a su capacidad y costumbre de recrearse en el compartir contigo. ¿Es una persona que se distrae y deja las cosas a mitad?, ¿es una persona que tan pronto te toma de la mano, rapidito quiere darte un beso?, ¿sientes que se te acerca con desenfreno o contrariado por que lo llevas a un ritmo más lento de lo él quiere? Si en algún momento le pides que tome las cosas con más calma y menos prisa, ¿es capaz de entender lo que le pides?, ¿es capaz de complacerte?

La rigidez y falta de flexibilidad

Hay personas que se sienten muy incómodas cuando no tienen guías, reglas o rutinas que dirijan sus acciones. No logran ser espontáneas a menos que ingieran alcohol o alguna otra droga o que estén muy distraídos. En el sexo tienden a tener reglas que nada tienen que ver con la vivencia saludable de la sexualidad.

Tampoco pueden aceptar cambiar creencias basadas en mitos, aunque científicamente se establezca que no son ciertas. Algunos estiman que el sexo debe ser experimentado en la alcoba y en la cama. Tener sexo en cualquier otro lugar para ellos es malo o enfermizo.

Hay personas que no permiten que le den un beso antes de levantarse de la cama y asearse, porque lo consideran algo poco higiénico. Otras personas solo tienen relaciones sexuales si ambos se han bañado y luego del orgasmo le exigen a su pareja que se bañe de inmediato.

Existen personas tan rígidas que no permiten que se hable de la sexualidad. Su rigidez no les permite explorar otras maneras de acariciarse ni tampoco la creatividad necesaria para que el sexo no se torne monótono ni aburrido. Se siente intimidado si les solicitan algún antojo. Se sienten temerosos de cualquier otra conducta sexual que no sea la que conoce y acostumbra.

La rigidez en un candidato es algo muy problemático, y si lo encuentras, debes considerar la posibilidad de que reciba ayuda profesional para mejorar en ese aspecto. Si es un poco rígido puedes ir explorando poco a poco otras posibilidades. Leer literatura sexual para educase más y discutir la información juntos. Practicar otros tipos de besos y observar cuán cómodo se van sintiendo con esas experiencias nuevas. Si tu pareja no mejora tendrás conflictos en la intimidad.

Evalúa la flexibilidad versus la rigidez en tu candidato. ¿Es una persona que se incomode mucho si hablan del tema de parejas y las diferencias en estilos y maneras de enamorarse?, ¿te contesta espantado o tranquilamente te indica que sabe que otros lo disfrutan, pero cree que a él no complacería?, ¿puede tolerar que seas tú quien lo bese y que tomes la iniciativa o si lo haces se incomoda de tal manera que arruina el momento?, ¿está dispuesto a dejarse llevar por ti en algunos momentos?

La timidez

La interacción sexual requiere madurez para tolerar que otra persona observe tu desnudez, que pueda observar las muecas y los gestos que llevas a cabo durante el juego sexual y durante el orgasmo.

Algunas personas son tan tímidas que no se han atrevido a mirarse desnudos en un espejo, por lo tanto, se sentirían incómodas con la idea de que otras personas las vean.

Siempre hay cierto grado de pudor al llegar por primera vez a la intimidad. Pero en la medida en que se aumentan los encuentros se va logrando un mayor grado de confianza con la persona y la timidez inicial se supera.

Una persona muy tímida no logra sentirse cómoda. De hecho, es probable que prefiera que la intimidad sexual se lleve a cabo en total oscuridad. Una timidez tan profunda, no permite establecer una relación de confianza, por lo que suele traer grandes conflictos en la pareja.

Observa cuan cómodo se siente tu pareja cuando está cerquita de ti. La primera vez puede que se sienta inhibida e incómoda. Eso es normal. Pero, al compartir contigo en otras ocasiones, observa si va tomando mayor confianza o si continúa igual de tímido.

Recuerda que los extremos son una mala señal. El cambio debe ser gradual. A mayor experiencia contigo, mayor confianza. Debe ir sintiendo mayor confianza para hablarte de él, de lo que le gusta y preguntarte a ti sobre lo que a ti te gusta.

La agresividad

El sexo es una expresión de amor y es el disfrute físico de la pareja. La agresión en la intimidad sexual no debe existir. El disfrute sexual implica una actividad física fuerte e intensa, en que los cuerpos se mueven con una pasión que va en aumento hasta llegar al clímax.

Los besos y caricias iniciales cobran mayor intensidad y fuerza, a tal grado que de lejos puede parecer que están peleando y no haciendo el amor. Esa fuerza e intensidad se convierte en agresión cuando uno de los dos no va al ritmo del otro. Cuando es una actividad deseada por uno y no por los dos.

Cuando la intensidad trae daño físico para uno o para los dos, ya no es hacer el amor sino agredirse. Por más intensa que sean las caricias, si no nos llevan al daño físico, no son agresiones. Si los dos desean esas caricias y son considerados uno con el otro, el placer de uno no se convierte en el dolor del otro y, por lo tanto, no hay agresión.

Si lo que tu pareja te hace te produce dolor y te quejas, se debe detener la acción inmediatamente. Si continúa, aún cuando se lo señalas, entonces te está agrediendo.

El sadomasoquismo es la vivencia de derivar placer de la agresión y el daño físico. Aveces, es muy difícil determinar cuándo esa intimidad sexual exageradamente apasionada se convierte en sadomasoquismo. Es importante que se lleve a cabo una evaluación profesional de la dinámica total de la relación para realmente poder identificar cuando las cosas se pasan de un límite saludable.

Un beso apasionado que te lastime los labios, un beso de lengua cuya pasión te asfixia y te incomoda, es una agresión. Una mordedura que lacere tu piel y te produzca dolor es una agresión. Si te quejas y continúa agrediéndote, sabes que cuando ocurra la penetración es muy probable que también te lastime. El disfrute sexual no requiere un grado de intensidad que comprometa tu físico ni te haga daño. Si este es el tipo de experiencia que tienes con la persona, no está lista para una relación de pareja.

Por lo general, el uso de frases pueblerinas y la verbalización de fantasías agresivas, tales como "te voy a comer", "te voy a hacer añicos", son benignas si se mantienen a un nivel verbal. Sin embargo, comentarios denigrantes o despectivos de tu sexualidad, tu cuerpo o tu conducta sexual, sí constituyen agresividad y no deben ser parte de la intimidad sexual con tu pareja.

La indiferencia

La ausencia de pasión y deseo sexual es un problema. No es una opción saludable negar la existencia de un elemento que representa una de las necesidades biológicas. Cuando las personas rehúsan experimentar y manifestar ese elemento en sus vidas es porque algo anda mal.

Ya sea por experiencias traumáticas en la niñez o en la vida adulta, este tipo de personas evaden el sexo. Algunos son tan convincentes que hacen sentir mal a su pareja por tener un interés normal en el sexo. Otros reconocen que tienen un problema, pero en vez de buscar ayuda pretenden que sus parejas las comprendan y no les exija relaciones sexuales.

Eso es como comprar un televisor nuevo que no proyecta imágenes, solo sonido. Lo llevas de regreso a la tienda y te dicen que debes adaptarte y ser flexible y considerada, y apreciar todo lo demás que tiene de bueno el televisor.

Al final, lo que te quieren decir es que no te quejes y que comprendas a tu pareja si no quiere tener sexo, lo que sería igual a un televisor sin imágenes ni pantalla. Pero así no sirve como televisor y, npor tanto, o sirve como pareja. Si no le gusta besar, si no da abrazos, si no te acaricia, ¿quién lo va a hacer?

El ser humano necesita el amor físico. Tienes que ser honesta u honesto y dejarle saber tus necesidades. Si está dispuesto o dispuesta a cambiar y a ser más cariñoso o cariñosa, tiene potencial. Observa su esfuerzo y examina si en realidad lo hace de manera espontánea.

Inicialmente, no será espontáneo si se lo pides y lo hace por complacerte. Si al cabo de un tiempo observas que aún no le gusta ni lo disfruta, y no lo hace con más espontaneidad, entonces no está listo o lista para una relación de pareja.

Hay quien no le gusta ser demostrativo y cariñoso en público con otras personas cercanas, pero si tampoco lo es cuando están a solas, el problema es otro. Por lo menos debe sentirse cómodo o comodá con un abrazo y un beso en el cachete. Debe saludarte con un gesto de alegría y mostrar placer al verte.

Las personas secas que no tienen problemas emocionales van logrando aumentar su disposición a ser amorosos y cariñosos, a menos que su sequedad sea producto de un problema mayor. Recuerda la expresión "¿a quién le amarga un dulce?". Si no ves cambio es porque algo anda muy mal.

El machismo

La actitud machista se manifiesta de muchas maneras, pero una de las más dolorosas es la relacionada a la intimidad sexual. Estudios sobre la satisfacción sexual en la mujer revelan que mujeres que han procreado hijos a veces nunca han tenido orgasmos con su pareja.

Habitualmente son personas que han procurado satisfacer sus deseos y su necesidad, sin tomar en cuenta los de su cónyuge, porque entienden que la mujer no necesita disfrutar su intimidad.

Hombres y mujeres machistas piensan que el género determina lo que es conducta sexual apropiada y no toleran que su pareja se desvíe, porque los hace menos hombre o menos mujer.

La actitud machista usualmente resulta en la satisfacción de uno de los miembros de la pareja. La otra persona se convierte en el objeto de su placer sexual y se utiliza como se utiliza cualquier objeto material, sin importar su bienestar.

El derecho al placer es de ambos y ambos tienen la responsabilidad de respetarse y ser considerados uno con el otro. Menospreciar o negar esos elementos es arruinar la intimidad que ambos puedan tener como adultos que se aman. Aún en el caso en que ambos compartan las creencias machistas, tarde o temprano la desigualdad se resiente y va deteriorando la relación.

La ausencia de creatividad

Cuando te unes a alguien para toda la vida, por lo general eso implica muchos encuentros sexuales con esa misma persona y con nadie más. Si no logran traer creatividad y variedad a esa intimidad, se van a aburrir tarde o temprano.

La creatividad no tiene que ser exagerada ni constante. No es que nunca la sexualidad se haga igual ni tampoco que estén siempre buscando un nuevo lugar para sostener relaciones sexuales. Muchas veces implica cambios sutiles en el enamoramiento y en el preámbulo.

Puede ser una desviación leve de lo usual o unos encuentros especiales en ocasiones particulares. Más que variedad en posiciones y lugar de encuentro la creatividad implica la disposición de jugar y recrearse según la ocasión y el *mood*. Explora la creatividad en tu pareja al escoger actividades en el noviazgo. Observa cuán flexible es y cuán dispuesto está en disfrutar el momento.

La consideración en la intimidad sexual

Las parejas se quejan frecuentemente de la falta de consideración y de ternura. La queja de las mujeres usualmente está acompañada de la percepción de que es utilizada como un objeto para darle solo placer al otro. Esa queja surge cuando el trato en la intimidad es brusco, torpe y no mejora aún cuando le piden que sea más delicado.

También surge cuando el acercamiento responde al interés de la otra persona, sin tomar en cuenta si ese acercamiento es adecuado o de interés para la pareja. Por ejemplo, no hay consideración cuando a pesar de que ella está enferma, cansada o sin ánimo, él insiste en que le responda a sus acercamientos.

No hay consideración cuando ella o él exige que lo atiendan a pesar de que ella está trabajando o está en alguna actividad que requiere su atención especial o que comparta con otros.

Tampoco es ser considerado o considerada acaparar a la pareja porque en esos momentos está aburrido o aburrida o necesita algo. Eso es señal de egoísmo y falta de empatía. La persona es incapaz de ponerse en el lugar de su pareja y considerar que ella también tiene compromisos, responsabilidades y situaciones que limitarán su capacidad para atenderlo cuando se le antoje.

No malinterpretes esta exigencia e imprudencia como amor. Es falta de consideración para contigo y tu derecho a tener vida. ¿Tu pareja hace cosas más allá de simplemente llenar sus necesidades? Si la expectativa es que las cosas se hagan cuando y como él quiera, vas a tener muchos problemas en la relación.

Una vez entiendes y tienes claros cuáles son los criterios para escoger a una pareja, te preguntarás: "Y ahora, ¿cómo lo hago, ¿cuándo, dónde?". Vamos a tratar de ayudarte en el proceso de encontrar contestaciones a tus preguntas.

Capítulo 6

Dónde buscar pareja

Tradicionalmente las personas se conocían principalmente en actividades de familia o en la comunidad. En esas actividades se controlaba la situación para que las personas solteras se encontraran con posibles parejas.

Hoy los encuentros pueden ocurrir en diferentes escenarios, desde los más predecibles hasta los más inverosímiles. Se pueden suscitar encuentros en un ascensor, cruzando la calle, en el trabajo, en una discoteca o en una fiesta, a través del Internet, entre otros tantos sitios.

En esta época existen miles de lugares que brindan la oportunidad de conocer personas. Incluso, se han establecido sitios con ese fin específico. Aunque siempre existen excepciones, por lo general cada espacio crea un ambiente propio, que a su vez atrae a un tipo específico de personas.

Debes tomar en consideración qué tipo de personas atrae el local que te interesa visitar y decidir si ese es el tipo de persona que buscas para que sea tu pareja. Si, por ejemplo, deseas un intelectual, no lo busques en una barra donde se reúnen personas a ingerir bebidas alcohólicas hasta llegar a la inconciencia.

A la persona intelectual debes buscarla en un ambiente más acorde con su estilo, como una biblioteca, una librería o un salón de clases, entre otros sitios. Si buscas a alguien que comparta tu interés por el baile, acude a discotecas o salas de baile.

Utilizar el espacio cibernético o Internet para conocer a alguien tiene ventajas y desventajas. Internet te da acceso a lugares que físicamente sería improbable que visitaras, ya sea por la distancia o desconocimiento. También puedes conocer personas que de otra manera no estarían a tu alcance por razones de circunstancias sociales.

Internet expande de manera amplia y vertiginosa las posibilidades de conocer diferentes personas. El problema principal con el Internet como lugar de encuentro es que aumenta de manera increíble la vulnerabilidad al engaño.

Así como las personas mienten en un currículo para que lo consideren al solicitar empleo, también el usuario de Internet con frecuencia miente para lucir más atractivo. El *chateo* es un diálogo por carta. Es más interactivo y dinámico, pero es una carta. Si tienes el accesorio de la cámara, y piensas que eso te protege del engaño, te diré que hay amigos que se hacen pasar por otros para que éstos no sean rechazados por su físico o su edad.

En Internet no tienes información sutil que pueda alertarte de la presencia de un intento de manipularte através del engaño. No puedes percibir si le cambia la mirada, si luce nervioso, tenso o si está relajado mientras se comunica contigo.

Para muchas personas el encuentro surge de manera casual y muy liviana. A medida que la comunicación aumenta, va surgiendo la atracción. Muchos llegan a compartir información muy íntima, muy temprano, porque la distancia física lo promovió. Al abrir esas puertas de la intimidad se crean unas expectativas y se profundiza la ilusión de una relación amorosa perfecta. Todo ello sin haberse visto nunca, sin un encuentro en vivo y real, cara a cara con la otra persona.

Cuando se da el encuentro personal este resulta estar lleno de sorpresas. A veces las sorpresas son agradables, pero en muchas ocasiones son muy desagradables. ¿Qué hacer cuando ya has comprometido el corazón y descubres que la persona no es como creías o como te hicieron creer?

Pocas personas tienen la fortaleza emocional de echar para atrás una vez llegan a cierto de grado de intimidad y de ilusión. En vez de indignarse y retirarse, hacen todo lo posible por arreglar o cambiar la situación para que funcione la relación.

Los engaños más frecuentes en el *chateo* de Internet tienen que ver con la edad, el estatus civil, los ingresos económicos, el físico y las costumbres amorosas y sexuales. Hay muchas personas inescrupulosas y con serios problemas emocionales que utilizan Internet para enamorar a posibles víctimas.

Los demás cuentan con que sus engaños serán perdonados por el amor que logren inspirar en la persona ingenua. Otros lo toman como un juego y, por lo tanto, describen sus fantasías y no sus realidades. Cuando se enamoran de verdad no encuentran cómo aclarar su error por miedo a ser rechazado.

Hay lugares o sitios web en Internet que están diseñados para guiar a quien lo utiliza para conocer gente nueva. Estos facilitan preguntas y te orientan en cómo evaluar al candidato y en cómo acercarte emocionalmente. No te pueden garantizar que no serás engañada. De manera que siempre te expones al riesgo del engaño.

Esos *websites* son como un club de solteros, pero cibernéticos. Si vas a participar en estos clubes, debes ser bien cautelosa o cuateloso y no te ilusiones emocionalmente sin haber tenido la oportunidad de conocerlo o conocerla personalmente.

Además del lugar de encuentro, necesitas considerar las circunstancias bajo las cuales has conocido a la persona. Si la conoces en un ambiente oscuro, donde casi no se distinguen las personas, o tan ruidoso que no se escucha lo que se habla, así como en medio de una discusión o borrachera, te estás arriesgando a encontrarte más tarde con sorpresas desagradables.

Existe una alta probabilidad de que tus impresiones iniciales acerca de esa persona sean erróneas. Es importante, entonces, que tengas en consideración las circunstancias y el lugar del encuentro. Compara tu primera impresión con otras que puedas tener luego en circunstancias más favorables. Si conoces la persona bajo circunstancias que no son adecuadas, puedes hacer un acercamiento para programar una cita en una situación o lugar más apropiado.

En estos tiempos está aceptado que una mujer inicie abiertamente una conversación con una persona desconocida. Si eres mujer, pero esa no es tu realidad, utiliza los medios que estén aceptados en tu país para asegurarte de que tendrás otra oportunidad de conocer mejor a la persona que te interesa.

Escoge un lugar conocido, en donde te sientas segura y tranquila. Si es posible, selecciona un sitio donde no tengas muchas interrupciones, pero que no sea aislado ni demasiado íntimo. Debe ser un espacio donde puedas terminar el encuentro si la persona resulta ser desagradable o no es de tu agrado. No te expongas a una velada difícil o peligrosa. Sería ideal que consiguieras un lugar abierto, con acceso a transporte, donde puedas conversar tranquilamente.

Capítulo 7

Cómo evaluar al candidato

El proceso de lograr que una persona se interese por otra es emocionante, pero tiene la desventaja de crear una ilusión que tiende a hacer más difícil el proceso de evaluar al candidato.

La creación de un aura especial para enamorar y atraer conlleva mostrar todo lo positivo e, incluso, prometer lo que no se posee. Las personas se embellecen y se esfuerzan por lucir atractivas para llamar la atención de la persona que le interesa.

La gente tiende a esconder las limitaciones y disimular las deficiencias, así como a resaltar el lado positivo de su personalidad. Cuando te dicen "yo tiendo a ser muy franco y eso te permitirá saber siempre lo que pienso y opino", no te menciona el aspecto ofensivo de su franqueza sin límites.

Hay personas que utilizan su forma de hablar para seducir. Estas personas dicen cosas bonitas y halagadoras, prometiendo un mundo de fantasía. En el proceso de seducción usan indistintamente las expresiones "te quiero", "te amo", "me atraes" y "me gustas", lo que no necesariamente representa amor genuino ni garantía de una relación positiva.

A la persona que escucha estas frases se le hace difícil entender que solo son palabras y que cobrarán significado cuando sean respaldadas por una conducta amorosa.

Por lo general, las personas que escuchan palabras seductoras las interpretan tomando como base lo que ésas mismas palabras significan para ellas. Si le dicen te amo, piensan que las aman como ellas amarían y no se cuestionan lo que significa esa frase para la persona que la dice.

Hay gente que, con una facilidad espantosa, le dice palabras amorosas a otra sin distinguir entre "te amo", "te quiero" y "me gustas". Esas personas utilizan esas frases de forma indiscriminada.

La conducta seductora no verbal también se puede utilizar de manera indiscriminada. Hay personas que tienen establecido un patrón de conducta seductora y no importa quién sea la persona que les interese, siempre usan el mismo plan de seducción.

La cortesía, los regalos, las invitaciones, los detalles de flores, tarjetas o llamadas telefónicas frecuentes pueden formar parte de su plan de seducción y no de su verdadera forma de ser. Es decir, observarás esa conducta mientras la persona esté en plan de seducción, pero desaparecerán una vez se establezca la relación.

Es necesario que observes si la persona se comporta de esa forma solamente contigo, porque la gente que es detallista suele tener esa conducta con otras personas. Quizás no tenga con los demás los mismos detalles que tiene contigo, pero sí deberá mostrar sensibilidad ante las necesidades e intereses de la gente. También debes evaluar si los detalles disminuyen en la medida en que la relación se estabiliza.

Existen personas que seducen por medio de la intimidación o la insistencia. Son las que dicen: "Tú serás mía, porque siempre consigo lo que quiero" o "no te dejaré en paz hasta que me correspondas". A veces son capaces de insistir a tal nivel, que la otra persona siente que le están invadiendo su privacidad.

Las personas débiles, con dificultad para defender su privacidad o deseosas de estar con alguien fuerte, que complemente su debilidad, pueden caer víctimas de este tipo de seducción. No accedas a estar con alguien solo porque es insistente o te intimida. Es necesario que busques ayuda si no te puedes defender sola de esa clase de persona.

La seguridad que demuestra una persona al hablar no significa que realmente pueda llenar tus necesidades. Te advierto que las relaciones que comienzan de esa manera suelen terminar en maltrato verbal, emocional o físico.

Es importante que puedas diferenciar lo que es parte del plan de seducción de lo que es un reflejo real de la persona que te atrae. También es importante que puedas romper el velo de la ilusión e identificar la realidad. Descubrir la verdad no necesariamente significa que no puedas establecer una relación con esa persona, sino que deberás tomar otras consideraciones antes de entrar de lleno en esa relación.

Veamos un ejemplo:

Ana observaba que su enamorado frecuentemente recibía cartas de cobro por cuentas atrasadas. Cuando se casaron, él le indicó que asumiría responsabilidades por las cuentas del nuevo hogar. Aunque elle se acordaba de las cartas de cobro que él recibía, no le preguntaba ni lo confrontaba para evitar problemas. Cuando comenzaron a llegar cartas de cobro a la nueva casa, Ana se arrepintió de no haber enfrentado el asunto desde el primer momento. Finalmente, tras confrontarlo con su dificultad, decidieron manejar las cuentas de manera que él no fuera el único responsable y, a la vez, aprendiera a hacerlo de manera eficaz.

Las entrevistas son un mecanismo útil para ir descubriendo cómo es en realidad una persona. En la fase inicial de una relación se tiende a asumir una actitud pasiva en cuanto a la recopilación de información sobre la persona. Solo se toma en consideración la información que la persona ofrece, sin preguntar ni investigar más a fondo.

Es más, no se le entrevista, sino que simplemente se le escucha. Si ya conoces qué características te gustaría que tuviera tu pareja, debes hacer preguntas relacionadas a esas áreas. Cuando converses, no hagas preguntas que se contesten con un "sí" o un "no".

Las preguntas abiertas son más útiles cuando se desea que la persona elabore y comunique su opinión, mostrando su forma de ser. No preguntes, por ejemplo, "a mi no me gustan las personas desconsideradas, ¿y a ti?". Es preferible que preguntes: "¿Qué te parecen las personas desconsideradas?". La primera de estas preguntas se podría contestar con un simple "si" o "no", mientras que la segunda invita a que la persona exprese su opinión.

Otra estrategia muy efectiva al entrevistar a la persona es pedirle que comparta ejemplos de experiencias pasadas. A veces los ejemplos revelan mejor la verdadera forma de ser de alguien.

Es necesario que prestes mucha atención a las historias que te cuente cuando le pidas que te hable de experiencias pasadas, pues las personas tienden a evadir aquellos temas que le resultan conflictivos o las hacen lucir mal.

No lo hostigues para que te hable de ciertos temas, pero toma nota de aquellos asuntos que evada discutir. No obstante, no debes iniciar una relación hasta que puedas hablar acerca de temas que le son conflictivos a tu potencial pareja.

Es necesario que evalúes bien la información que obtengas de esas entrevistas y la compares con la que obtengas de otras fuentes. Trata de recabar información de otra gente que conozca.

Si para un empleo se piden referencias de personas que puedan hablar de la conducta y cualidades del solicitante, por qué no hacer lo mismo para algo tan importante como una relación de intimidad. También es relevante que no ignores las referencias que te den sin que tú las hayas pedido.

Cuando hables con algunas de esas personas, debes tomar en consideración si esas opiniones son objetivas. Aún cuando alguien esté muy a favor o muy en contra de la persona que te pretende, no descartes totalmente la información que te ofrezcan. Trata de conocer amistades allegadas y no allegadas, así como familiares cercanos y lejanos, a quienes debes pedir de manera discreta que te describan a la persona que te atrae.

También es importante observar la conducta de la persona, para analizar si concuerda con sus expresiones y promesas. La discrepancia que exista entre sus expresiones y sus acciones será un factor importante en la evaluación que hagas sobre ellas.

Aunque es importante que examines si su conducta es semejante a la que te han descrito las demás personas, más importante aún es que logres llegar a tus propias conclusiones. Si su conducta es contraria a sus expresiones, confía más en lo que observas que en lo que escuchas.

Si no logras tomar una decisión debido a sus contradicciones, trata de crear situaciones que te permitan poner a prueba a la persona. Si tienes duda de que pueda vivir sin ingerir bebidas alcohólicas, pídele que no se tome ni una cerveza durante un período razonable de tiempo.

No ignores la situación si durante la prueba confirma tus sospechas y confronta directamente a la persona. Recuerda que la relación de pareja es demasiado importante, por lo que debes tomarte todo el tiempo que necesites para evaluar concienzudamente al candidato o candidata.

Capítulo 8

Cómo saber si estás enomorada
o enamorado y te corresponden

El Amor es...

La **atracción y el deseo sexual** no es amor. El amor ha sido un concepto muy controversial. Definir lo que es el amor ha sido un reto para los poetas, los siquiátras, los religiosos y los psicólogos. Lo único totalmente cierto de lo que se dice del amor es que es algo muy poderoso.

El amor ha sido definido de diferentes maneras. El amor filial, paternal, fraterno y el amor de pareja. El de pareja es el único que debe tener el elemento de la atracción sexual y física y, por ende, si no hay atracción sexual no hay amor de pareja.

El amor es una emoción compleja que produce un lazo y alianza con la persona amada. El amor, a su vez, se nutre o se deteriora por la calidad del vínculo que se establece con la persona.

La profundidad del amor y de ese lazo depende de cuánto se conozcan las personas y cuánto se dediquen y trabajen para estar cerca emocional y físicamente en la intimidad.

Cuando lo que conoces de la persona te interesa, te agrada, lo disfrutas y lo admiras, el amor crece. Las habilidades que tiene la persona para desenvolverse con éxito y las habilidades para relacionarse de manera saludable con los demás influyen muchísimo en el sentimiento de amor.

Es necesario conocer bien a la persona con quien te relacionas íntima y emocionalmente. Después de todo, no se puede amar a quien no se conoce.

Antes de iniciar una relación de pareja, necesitas determinar si te estás enamorando y si la persona te corresponde. Aunque siempre existen excepciones, y cada individuo tiene una forma particular de manejar sus emociones, hay un patrón que se observa frecuentemente en las personas que se envuelven sentimentalmente.

Lo primero que ocurre es que la persona se va apoderando de tus pensamientos. Mientras más te interesa la persona, más piensas en ella. Después, comienzas a sentir su ausencia, por lo que cada vez tratas de compartir con ella en más actividades y durante más horas del día.

Este interés y necesidad evoluciona a tal nivel, que piensas que no puedes funcionar si la persona no está cerca. Y en realidad no es que no puedas funcionar, sino que su ausencia afecta tu ánimo. En otras palabras, la ausencia de la persona ya no te es indiferente.

Después llega ese momento en que se hace lo imposible por compartir y saber más de la otra persona. Esa es la época de las llamadas maratónicas y los días sin querer separarse uno del otro. Entonces, se comienza a compartir con la gente que es significativa para cada una de las personas: sus amigos, familia, vecinos y compañeros de trabajo. En ese momento se comienza a evaluar y discutir la posibilidad de mantener una relación seria y de pareja.

El Compromiso

El matrimonio (o la convivencia) es una de las decisiones más importantes en la vida del ser humano. Aunque la alta incidencia de divorcios nos indica que casarse ya no es para siempre, el impacto de esa decisión será para el resto de la vida.

La persona que se casa ilusionada con lo que piensa que es amor, pero luego descubre que en realidad no ama o no ama lo suficiente, sufre un desengaño terrible. Pierde su fe en el amor y en su capacidad para amar o ser amada o amado. Peor aún, tiende a huir de futuras relaciones por temor a sufrir lo mismo.

Las personas que son maltratadas en el matrimonio también quedan marcadas para el resto de sus vidas. Las mujeres no son las únicas que sufren maltrato conyugal, lo que ocurre es que menos hombres admiten que han sido maltratados por sus parejas.

Además del maltrato físico, en las relaciones se da el maltrato psicológico. En este tipo de relación se atropella la autoestima de la persona maltratada, además de fomentarle inseguridad y no permitir su crecimiento personal. El impacto del maltrato físico y psicológico es de tal magnitud, que se necesitará mucha ayuda y esfuerzo personal para superarlo.

Existen varios factores que influyen en la pareja que está en proceso de divorcio. Se habla mucho sobre el impacto del divorcio en los hijos, pero poco sobre el impacto de los hijos en el divorcio. La persona que tiene hijos y se divorcia, en realidad solo se ha separado de su pareja. Aunque no lo desee tendrá que seguir relacionándose con su "ex" para discutir sobre asuntos de presupuesto y crianza de los hijos.

Como puedes apreciar, la decisión de casarse conlleva un compromiso excepcional. Amar a una persona no es lo mismo que convivir, trabajar y asumir responsabilidades junto a ella. El matrimonio implica sacrificios y limitaciones. Es cierto que tiene beneficios, pero no tendrás libertades como antes.

El compromiso de casarse no está libre de indecisión. Pocos llegan al altar totalmente seguros. Quién no se ha cuestionado, horas antes de casarse, esa decisión y se ha preguntado "¿me irá bien?, ¿me arrepentiré?, ¿estoy realmente enamorada(o)?, ¿me enamoraré después de otra persona?".

La mejor manera de enfrentar la indecisión y la ambivalencia es teniendo criterios que te indiquen con mayor seguridad las probabilidades de estar tomando la decisión correcta. ¿Cómo saber si estás lista o listo para el matrimonio?

Debes empezar por entender que las siguientes **no** son razones para casarse:

- no encuentro cómo dejarlo(a) porque él (ella) sufriría tanto...
- nuestras familias se morirían si cancelamos la boda
- no creo que la(o) ame, pero es tan buena(o) conmigo
- él (ella) cambiará cuando nos casemos y vivamos juntos
- ella (él) es perfecta(o)
- ¿por qué no casarme?
- no puedo dejar de pasar esta oportunidad
- estoy embarazada
- él (ella) insiste, aún cuando le digo que no
- se suicidará si no me caso con ella (él)
- literalmente me matará si no me caso con él (ella)
- realmente no la(o) conozco suficiente, pero se porta bien conmigo
- él (ella) es alcohólico(a) (adicto/a) pero me quiere

- la(o) deseo y será solo mía(o)
- me maltrata, pero la(o) quiero

Si estás pensando casarte por alguna de las razones expuestas, **no lo hagas**. Esas son razones para separarte o buscar la manera de mejorar la relación antes de llegar al matrimonio.

Muchos de los divorcios surgen por problemas que existían desde el noviazgo. No debes ignorar los problemas vividos durante la época de novio y pensar que desaparecerán en el matrimonio.

Los problemas relacionados a la manera en que ambos se tratan y se consideran, tienden a empeorar después de casados. El novio infiel, por lo general será un esposo infiel.

Muy pocas personas cambian después de casarse, a menos que realmente acepten sus deficiencias y estén decididas a transformarlas.

La persona que tiene problemas de alcohol o de drogas no se rehabilita automáticamente al llegar al matrimonio. El novio que te maltrató físicamente durante una discusión te golpeará aún más cuando vivan bajo el mismo techo.

A pesar de la alta incidencia de divorcios, así como de todos los riesgos que conlleva el matrimonio, existen muchas buenas razones para casarte:

- podemos compartir en muchas áreas, somos compatibles
- respetamos nuestras diferencias e intereses y actitudes
- lo(a) conozco bien y me gusta como ser humano(a)
- me trata bien, me considera
- nos sentamos a hablar de diversos temas de confianza

- cuando surgen problemas, hablamos y trabajamos para resolverlos
- no es perfecta(o), pero conoce sus deficiencias y se esfuerza por mejorar
- ahora estamos más cerca y compenetrados que antes
- vivimos más días buenos que malos
- me apoya y celebra mis logros
- lo(a) amo

Amar implica ser responsable con la persona amada. Cuando amas, no puedes ser indiferente al dolor, miedo, coraje y sentimientos de tu pareja. Amar es permitir que la otra persona crezca y aprenda de sus errores. Es desear estar sola de vez en cuando, pero querer compartir con esa persona especial muchos otros momentos de tu vida diaria. Es desear, pero también es respetar.

Es cierto que el amor no es suficiente para ser feliz en el matrimonio, pero es necesario.

Si no amas, no te cases.